# 原野里的百合与
# 天空中的飞鸟

## 三个与上帝有关的讲演

〔丹麦〕克尔凯郭尔 著

京不特 译

商务印书馆
The Commercial Press

2019 年·北京

Søren Kierkegaard

**Lilien paa Marken og Fuglen under Himlen**

Tre Gudelige Taler

Monotypier af Maja Lisa Engelhardt

Efterskrift af Niels Jørgen Cappelørn

本书根据 Kristeligt Dagblad Forlag 出版社 2010 年版译出

# 原野里的百合与天空中的飞鸟[1]

## 三个与上帝有关的[2] 讲演

克尔凯郭尔　著

哥本哈根

大学书店莱兹尔

毕扬科·鲁诺斯印刷坊印刷
1849 年

# 前　言

　　我这样希望：这本小书〔这本小书及其出现时的境况[3]，让我回想起我最初的讲演集，尤其回想起我在我最初的讲演集中写的最初的话[4]，亦即，为那紧接在《非此即彼》之后出版[5]的《两个陶冶性的讲演》(1843年)所写的前言[6]〕会使得"那个'被我带着欣悦和感恩地称作是**我的读者**'的单个的人"[7]回想起那同样的词句："它想要继续留在[8]'那隐蔽的'之中，正如它在隐蔽之中进入存在，——一朵在大森林的遮掩之下的小花。"[9]在这样的境况下，这本小书会让他回想起这些；并且，我还希望，这本小书会让他——正如它让我——回想起那在《两个陶冶性的讲演》(1844年)的前言[10]中的："它被以右手来给出。"[11]——这与那曾以左手并正以左手来被递出的假名正相反[12]。

1849 年 5 月 5 日[13]

S. K.

# 祈　祷

　　在天之父！什么是"作人"[14]，以及，从与上帝相关的视角看，什么是"作人"所要求的——这其实也是一个人在与他人为伴时，尤其在人堆之中，特别难以得知的，并且，若他从别处得知，那么，这也是他在与他人为伴时，尤其在人堆之中，特别容易忘记的。愿我们可以去学"作人"，或者说，如果我们忘记了，愿我们可以重新去向飞鸟与百合学习"作人"；愿我们可以学习"作人"，即使无法一下子学全，也还是可以从它们那里学到某一些，并且一小点一小点地学；这一次，愿我们可以向飞鸟与百合学习沉默、恭顺和快乐！

# 在复活主日之后的第十五个星期日的福音[15]

一个人不能事奉两个主。不是恶这个爱那个，就是重这个轻那个。你们不能既事奉神，又事奉玛门[16]。所以我告诉你们：不要为生命忧虑吃什么，喝什么；为身体忧虑穿什么。生命不胜于饮食吗？身体不胜于衣裳吗？你们看那天上的飞鸟，既不种，也不收，也不积蓄在仓里，你们的天父尚且养活它。你们不比飞鸟贵重得多吗？你们哪一个能用思虑使寿数多加一刻呢？何必为衣裳忧虑呢？你想想，野地里的百合花怎样长起来。它既不劳苦，也不纺线。然而我告诉你们：就是所罗门[17]极荣华[18]的时候，他所穿戴的还不如这花一朵呢！你们这小信的人哪！野地的草今天还在，明天就丢在炉里，神还给它这样的妆饰，何况你们呢！所以，不要忧虑说，吃什么？喝什么？穿什么？这都是外邦人所求的。你们需用的这一切东西，你们的天父是知道的。你们要先求他的国和他的义，这些东西都要加给你们了。所以，不要为明天忧虑，因为明天自有明天的忧虑；一天的难处一天当就够了。[19]

# 一

## "观看天空中的飞鸟，审视原野里的百合"

然而，也许你用"诗人"的话说，并且在诗人这么说的时候，这说法恰恰是投合了你的心意：哦，愿我是一只飞鸟，或者愿我像一只飞鸟，像那带着漂游的兴致在大地和海洋之上远飞的自由之鸟，如此贴近天空，向遥远的天涯；唉，我，我只觉得被束缚，然后还是被束缚，被终生牢牢地钉死在这个地方，在这个地方，日常的悲伤、各种痛苦和各种逆境让我明白：这是我住的地方，并且一辈子就是如此！哦，愿我是一只飞鸟，或者愿我像一只飞鸟，比一切被大地重力吸引的东西都更轻盈，在空气之上，比空气更轻盈，哦，愿我像那轻盈的飞鸟，在它寻找驻足点的时候，它甚至在大海的表面筑巢[20]；唉，我，每一个运动，哪怕是最轻微的，只要我有所动弹，都能够让我感觉到有怎样的一种重力压着我！[21]哦，愿我是一只飞鸟，或者愿我像一只飞鸟，没有任何顾虑，就像那小小的歌鸟，即使没有人在倾听，它也谦卑地唱着，或者，即使没有人在倾听，它也骄傲地唱着；唉，我，不拥有任何属于我自己的瞬间、不拥有任何属于我自己的东西，我，却被散发出去，不得不为千千万万种顾虑服务！[22]哦，愿我是一朵花，或者愿我像那朵原野之中的花朵，幸福地爱上我自己，并且在此写上句号；唉，我在自己的心中也感受到这种人心之分裂，既非自爱地能够与一切断绝关系，亦非怀着爱心能够牺牲一切！[23]

这是"诗人"的情形。不经意地听着，这几乎就好像是，他在说福音书所说的东西，当然他也确实是在使用最强烈的表述来推重飞鸟与百合的幸福。然而，让我们再听他说下去。"因此，如果去赞颂百合与飞鸟并且说：你应当如此如此，那么，这差不多就仿佛是一种来自福音书的残酷；唉，我，在我身上这愿望是如此真实，如此真实，如此真实：'哦，愿我像一只天空中的飞鸟,[24] 像一朵原野上的百合。'但是,'我要能够如此',这却是一种不可能;而恰恰因此,这愿望是如此真挚、如此忧伤、却又如此炽烈地在我的内心中燃烧着。福音如此对我说,说我应当是那我所不是的东西,我太深刻地(正如这愿望因此而在我内心之中)感觉到我不是并且也无法是那东西,这是多么残酷。我无法理解这福音;在福音与我之间有着一种语言差异[25],如果我要是能明白的话,这差异简直是要杀死我。"

诗人相对于福音的情形持恒地如此;同样他相对于福音中关于"作孩童"的说法[26]的情形也是如此。"哦,愿我是一个孩子",诗人这样说,"或者愿我像一个孩子那样,'啊,孩子,无邪而快乐';唉,我,则是过早变老的我,过早变得有辜并且悲惨的我!"

奇妙啊;因为人们当然说得很有道理,诗人就是一个孩童。不过诗人仍还是无法达到对福音的理解。那是因为,诗人的生命根本上其实以关于"能够去成为那愿望所求的东西"的绝望[27]为基础;而这一绝望生产出愿望。但这"愿望"是悲凄[28]的发明。因为,这愿望确实能够在一个瞬间里起着安慰作用,但是进一步审视,我们则会看见,它其实没有在安慰;因此我们说,这愿望其实是由那悲凄发明出来的安慰。多么奇怪的自相矛盾!是的,而且诗人也是这自相矛盾。诗人是"痛楚"的孩子,但父亲却将之称为"快乐"的儿子[29]。在诗人身上,愿望在痛楚中进入存在[30];这愿望,这炽烈的愿望,它使得人的心灵喜悦,相比葡萄酒的令心灵欢愉、相比春天最早的花蕾、相比那我们在厌倦了白天而在对夜晚的思念之中愉快地对之致意的第一颗星星、相比那破晓时我们对之告别的夜空之中的最后一颗星星,这愿望更令心灵喜悦。诗人是"永恒"的孩子,但缺乏"永恒"的严肃。在他想着飞鸟与百合的时候,他就哭泣;在他哭泣的时候,他在哭泣之中找到对痛苦的缓和;愿望进入存在,愿望之雄辩也伴随着一起进入存在;哦,愿我是一只飞鸟,那我在孩提时代的图画书中读到的飞鸟;哦,愿我是原野之中的花朵,那生长在我母亲的园中的花朵。但是如果我们以福音的话语对他说:这是严肃,这"飞鸟是学习'严肃'的导师[31]",正是那"严肃";于是,诗人就必定会笑,——并且,他拿飞鸟与百合来开玩笑,如此逗笑,以至于他使得我们

所有人，甚至有史以来最严肃的人都笑了；但是他并没有这样地打动福音。这福音如此严肃，乃至诗人的全部忧伤都改变不了它，尽管这忧伤甚至会改变最严肃的人，使之在一瞬间里屈从而进入诗人的想法，与之一同叹息并且说：亲爱的，这对于你确实是一种不可能！是的，这样我也不敢说"你应当"；但福音敢去命令诗人，说他应当如同飞鸟。福音是如此严肃，乃至诗人最不可抵挡的奇思怪想都无法使它微笑。

你"应当"重新成为孩子[32]，因此，或者说，为了这个目的，你应当开始能够并且想要理解那为孩子准备的词句，这词句是所有的孩子都理解的，而你应当像孩子一样地去理解它：你应当。孩子从来不问依据，孩子不敢、孩子也无须问——这里其一对应于其二：正因为孩子不敢，所以孩子无须问其究竟；因为对于孩子来说，这个"他[33]应当"本身就足以构成依据，而所有依据集为一体也无法在这样的程度上足够地成为对孩子来说的依据。孩子从来不说：我不能。孩子不敢，并且这也并非是真的——这里其一对应于其二：正因为孩子不敢说"我不能"，所以这"他不能"就也不是真的，因此，这就说明，真相就是"他能"，因为如果一个人不敢去尝试别的，那么这"不能"就不可能，这是再明显不过的事——这里的关键只是：一个人是否确实是真的不敢去尝试别的。而孩子从来不寻找借口或者托辞；因为孩子明白"可怕的东西"的真相：对他来说，不存在任何借口或者理由，不存在任何藏身之处，无论在天上还是地下[34]、无论在客厅还是在花园，他都无法躲开这个"你应当"。而如果一个人完全明白"这样的藏身之处是不存在的"，那么，借口或者托辞也就不存在了。在一个人知道这"可怕的东西"的真相——"任何借口或者理由都不存在"的时候，那么，是的，那么他自然就不会找到任何借口或者理由，因为不存在的东西是找不到的，——而他也并不去找它；于是他就只去做他应当做的事情。孩子从不需要长时间的考虑；因为在孩子应当去做什么的时候——并且也许是马上——这时当然不会有考虑的机会；即使不是马上，但只要这孩子仍应当去做什么，——是的，即使我们给他永恒的时间去思量，他都不会需要这永恒，他会说：

中成为寂静。真正的祷告者知道这个；而那本非真正的祷告者的人，他也许在祈祷之中恰恰学会这个。在他的心念中，有着某种东西，如此深切的东西，一件对他如此重要的事情，"真正使自己能够让上帝理解"，这对于他是如此地紧迫而重要，他唯恐自己会在祈祷之中忘记了什么，唉，而如果他忘记了，他则唯恐上帝自己不会记住它：所以他想要集中心思来真正诚挚地祷告。而如果他本来就诚挚地祷告着，那么对于他，又有什么事情会发生呢？那奇妙的事情在他身上发生了；渐渐地随着在祈祷之中变得越来越诚挚炽烈，他能够说的东西越来越少，到最后他变得完全沉默。他变得沉默，如果说有什么事情可能比"沉默"在更大的程度上对立于"说话"，那么这就是：他成为了一个倾听者。他曾认为祷告是"说话"；而他在学习之后知道：祷告不仅仅是沉默，也是倾听。事情就是如此；祷告不是听自己说话，而是进入沉默，继续保持沉默，等待，直到祷告者听见上帝。

　　因此，福音所说的话，"首先寻求上帝的国"，是教育着人的，它就似乎是在以这样的方式来把人的嘴套住，即对人所提出的每一个关于"这是不是他所应当做的事情"的问题，都做出这样的回答：不，你应当首先寻求上帝的国。因此我们可以这样地改写这福音中的话：你应当以祷告作为开始，并非仿佛（当然这是我们已经显示过的）祈祷总是以沉默开始，而是因为在这个祈祷真正地成为了祈祷之后，它才变成了沉默。首先寻求上帝的国，这就是：祷告！如果你问，是的，如果你在发问中彻底考虑了所有细节，询问着：这个就是我所应当去做的么，而如果我去做这事情，那么这就是在寻求上帝的国吗？这时，对此回答必定会是：不，你应当首先寻求上帝的国。但是祷告，就是说，真正地祷告，就是变得沉默，而这就是首先寻求上帝的国。

　　你能够在百合与飞鸟那里学到这种沉默。就是说，它们的沉默不是艺术，但是在你变得如百合与飞鸟一般沉默的时候，那么这时你就到达了开始，这就是，首先寻求上帝的国。

在那里,在上帝的天空之下,在百合与飞鸟那里,是多么庄严啊[45],为什么? 去问"诗人"吧;他回答:因为那里有着沉默。进入这庄严的沉默是他所神往的:离开人世间的世俗万物,这尘嚣之中有太多"说话";离开这个世俗人生,这人生只是以一种可悲的方式证明了,人因"说话"这一标志而优越于各种动物。"因为",诗人会说,"优越于其它东西固然很好,不,我还是远更喜欢那里的沉默;我更喜欢它,啊,不,这是无法比拟的,它比那些能够说话的人们无限地更优越。"就是说,在大自然的沉默之中,诗人认为,他感觉到神圣的声音;而在人众忙碌的谈话之中,他认为不但感觉不到神圣的声音,而且根本就感觉不到"人与神圣有着亲缘关系"[46]。诗人说:是的不错,"说话"确实是人相对于动物的优势——如果人能够缄默。

然而,"能够缄默",这是你能够到野外去百合与飞鸟那里学习的[47],那里有着沉默,而在这沉默之中也有着某种神圣的东西。沉默在那里;不仅在一切缄默于寂然之夜的时候,而且也在白天振动起上千根音弦进入运动而一切如同一片声音的海洋的时候,沉默都在那里:一切各尽其份,不管是其中的任何个体,还是一起作为整体,都不去打破这神圣的沉默。沉默在那里。森林沉默;即使是在森林细语的时候,它一样也还是沉默的。因为这些树,即使是在它们最紧密地相傍而立的簇丛之中,都相依相拥,不弃不离,这恰恰是人所罕有的品格,虽然人们预先许下的诺言说"这是我们之间的秘密",却很少相依相拥、不弃不离地信守这诺言。大海沉默,即使是在狂哮的时候,它一样也还是沉默的。在最初的一瞬间你也许听错,你听见它在喧哗。假如你急匆匆地发布出这样的消息,那么你就冤枉了大海。相反,如果你花更多时间去更仔细地倾听,那么你,(多么奇妙!)你会听见沉默;因为单调也还是沉默。当沉默在夜晚栖息于风景之中,而你在田野里听着遥远的吼哮的时候,或者当你远远地从农人的房中听见那熟悉的狗吠的时候,这时,我们就

无法说这吼哮或者狗吠打扰了沉默,不,这声音属于沉默的一部分,秘密地,并且在这样的程度上也是沉默地,与这沉默达成一致,它把沉默放大。

现在,让我们进一步审视百合与飞鸟,我们是应当向它们学习的。飞鸟缄默并且等待[48]:它知道,或者更确切地说,它完全而坚定地相信,一切在其应发生时发生,所以飞鸟等待;但是它知道,它没有权限去知道时间或者日子[49],所以它沉默。在适当的时候,事情自然将发生,飞鸟说。其实不是飞鸟在说,它沉默;但它的沉默是在说着的,而且它的这沉默所说的就是,它相信这个,而且因为它相信这个,所以它缄默并等待。然后,在那瞬间到来的时候,沉默的飞鸟就明白,这就是那瞬间;它使用这瞬间,从不有愧。同样,百合的情形也是如此,它缄默并等待。它不会不耐烦地去问"春天什么时候到来?",因为它知道,在适当的时候春天自然将到来,它知道,如果它获得许可去决定一年四季的话,那么这对于它自己是最无益的;它不问"什么时候下雨?"或者"什么时候出太阳?",它不说"我们现在有太多雨"或者"现在暑气太重"[50];它不在事先问,今年的夏季将会怎样,多久或者多短:不,它缄默并等待。它是如此简单,但是它却从来不被欺骗;"被欺骗"只能够发生在"聪明"上,而不会是发生在"简单"上——"简单"不欺骗也不被欺骗。然后那瞬间就到来了,而在那瞬间到来的时候,沉默的百合明白,此刻就是那瞬间,并且它使用它[51]。哦,你们这些教授"简单"的深刻的大师,难道会有这样的可能,一个人在说话的时候也能够与"瞬间"相遇?不,我们只能通过缄默而与瞬间相遇;如果我们说话,哪怕只说一句话,我们都会错过那瞬间;瞬间只在沉默之中。因此在那瞬间出现时,人很少真正能够明白它,也很少能够正确使用它,因为他无法沉默。他无法缄默和等待,也许由此能够说明,那瞬间为什么根本不在他面前出现;他无法缄默,也许由此能够说明,为什么在那瞬间出现在他面前时他无法感觉到那那瞬间。因为，固然那瞬间蕴含了其丰富的意义，它却不会在来临之前发出任何关于它要到来的消息，它来得太急而无法预告，而在它到来的时候，自然也不会有预先的一瞬间；那瞬间，不管它在其本身之中意义多么重大，也不会带着喧嚣或者带着叫喊来临，不，它悄悄地来临，带着比任何生灵所能够弄出的最轻足音更轻的步履，因为它带着"那突然的"的轻盈步履，偷偷地来临；因此，如果我们想要感觉到"此刻它在这里"，我们就必须完全沉默；而在下一瞬间它则已经消失，因此，如果我们要成功地使用它，我们就必须完全沉默。但是，一切仍依赖于"那瞬间"。确实，这样的事情是许许多多人的生命之中的不幸：他们从来没有感觉到"那瞬间"，在他们的生命之中，"那永恒的"和"那现世的"只是相互隔绝着，为什么？因为他们无法缄默。

飞鸟缄默并且承受[52]。不管它有着多么深重的心灵悲伤，它缄默。甚至荒漠或孤独的沉郁的哀歌歌手[53]也缄默。它叹息三声，然后缄默，再次叹息三声；但是，在本质上，它缄默。因为不管这是什么，它不说，它不抱怨，它不责怪任何人，它只是叹息，以便重新开始沉默。就是说，仿佛这沉默会使它爆炸，所以它必须叹息，以便缄默。飞鸟的痛苦没有被免除。但是沉默的飞鸟为自己免除了那加重痛苦的东西，那来自他人的误解的同情；它为自己免除了那使痛苦更持久的东西，那许许多多关于痛苦的话语；它为自己免除了那使痛苦成为"比痛苦更严重的东西"、成为"烦躁[54]与悲哀"之罪的东西。飞鸟在它承受痛苦的时候缄默，然而不要以为这只是飞鸟的小小欺骗，不要以为它（不管它对别人怎样沉默）在它的内心之中并不缄默，不要以为它在抱怨自己的命运、责怪上帝和人类而且让"自己心灵在悲伤之中行罪"[55]。不，飞鸟缄默并且承受。唉，人则不这样做。那么，为什么相比于飞鸟的痛苦，人的痛苦就显得如此可怕？是不是因为人能够说话？不，不是因为这个，我们都知道"能够说话"是一种优势；而是因为人不能够缄默。就是说，这并非是像那烦躁的人[56]，或者更严重一些，那绝望中人所以为的那样：他在——其实这已经是对于话语和声音的一种滥用了——，他在说或者叫喊着"但愿我能够拥有风暴的声音，说出我所有的痛苦就像我感觉它们那样"的时候，以为自己是明白自己所说的东西的。哦，这只是一种痴愚的补救办法，他只会在同样的程度上更强烈地感觉到这痛苦。不，这不是个办法，但如果你能够缄默，如果你能够拥有飞鸟的沉默，那么，痛苦无疑会变得轻一些。

正如飞鸟，百合也一样，它缄默。哪怕是凋谢时站在那里承受着痛苦，它也沉默；无邪的孩子不会装模作样，人们也不会去要求他掩饰自己，对于它，"它不能够这样做"是幸运[57]，因为"装模作样"这种艺术事实上是要让人付出极大代价的，——百合不会掩饰自己，对自己的颜色变化，它也没有什么办法，我们从这苍白的颜色变化认出某种东西，颜色变化泄露出"它承受痛苦"，但是它所做的是缄默。它很愿意保持挺立来隐藏它所承受的痛苦，只是它没有气力去这样做，它没有这种控制自己的力量；它的头无力地弯曲着垂下；路人（如果真的有什么路人有着这么多的同情而以至于能去关注它的话！），这路人明白这意味了什么，这情景说得够多了；百合缄默。百合的情形就是如此。但是到底是因为什么缘故，人的痛苦与百合的痛苦相比就显得如此可怕，难道是因为百合无法说话？如果百合能够说话，唉，如果它真的像人一样地不曾学会"缄默"的艺术：那么，它的痛苦岂不也会变得可怕？但是百合缄默。对于百合，"承受"就是"承受"[58]，既不多也不少。既然"承受"既不多也不少地就是"承受"，那么这就使痛苦[59]变得尽可能地简单，并且也变得尽可能地轻微。既然痛苦在，那么它就无法变得轻微，因此它只能是它所是。但是反过来，在这痛苦并非准确地保持"既不多也不少"地是它所是的时候，它就能够被无限地放大。在痛苦是"既不多也不少"的时候，就是说，在痛苦是它所是的那种确定的痛苦时，那么即使它是最大的痛苦，它也只是它所能是的最小的。但是如果这关系变得不确定，那么，不管本来这痛苦有多大，这痛苦就会变得更大；这种不确定性无限地放大痛苦。而这种不确定性恰恰由于人的"能够说话"这一模棱两可的优势而出现[60]。相反，痛苦之确定性，亦即，它既不多也不少地是它所是，则只有重新通过"能够缄默"来达到；并且，你能够向飞鸟与百合学习这沉默。

　　那里，在百合与飞鸟那里有沉默。但是这沉默表达什么呢？它表达对上帝的崇敬，他是治理者，他，智慧与理智只属于他。恰恰因为这沉默是对上帝敬畏，就像它在大自然之中所会是的情形，是崇拜，所以这沉默如此庄严。因为这种沉默是这样地庄严，所以我们能够在大自然之中感受到上帝，这又有什么可奇怪的，一切因对他的崇敬而缄默！虽然他不说话，但"一切因为对于他的崇敬而缄默"让我们觉得他似乎在说话。

　　相反，无须任何诗人的帮助，你能够在百合与飞鸟那里向沉默学习的东西，那唯福音能教你的东西，是"这是严肃"，"这应当是严肃"，飞鸟与百合应当是导师，你应当完全严肃地仿效它们，学习它们，你应当变得沉默如百合与飞鸟。

　　这样，在百合与飞鸟那里你能够感受到，你是面对上帝（这是通常在说话中和在与他人的对话中如此完全地被忘记的事实），如果这是被正确地理解的，而不是像那做着梦的诗人或者那让大自然梦见自己的诗人所理解的，那么，这当然就已经是严肃了。因为，在我们仅仅两个人在一起说话的时候，甚至更多，在我们有十个人或者更多人在一起说话的时候，我们是那么容易忘记，你和我，我们俩，或者我们十个人，是面对上帝。但是那作为导师的百合是深刻的。它完全不让你介入，它缄默，通过缄默它让你知道"你是面对上帝"，这样你记得"你是面对上帝"——于是你也必定在严肃并且在真相之中变得"面对上帝沉默"。

变得面对上帝沉默，正如百合与飞鸟，这是你所应当的。你不应当说"飞鸟与百合能够轻而易举地缄默，它们本来就不能说话"；这是你所不应当说的，你根本就什么都不应当说，不应当尝试，哪怕是最微不足道的尝试；如果你不是严肃地去对待"缄默"，而是痴愚而毫无意义地把"沉默"混杂在"说话"之中，也许是将之当作"说话"所涉及的对象，以至沉默不再存在，反而倒是冒出一段关于"保持沉默"的讲话，——这样，沉默之教学就变得不可能。[61]面对上帝，你不要觉得自己比一朵百合或者一只飞鸟更重要[62]；而当"你是面对上帝"这一事实成为了严肃和真相的时候，后者将会尾随前者而成为结果[63]。甚至即使你在这世界想要实现的东西是那最惊人的壮举[64]，你也应当承认百合与飞鸟是你的导师，面对上帝你不要觉得自己比百合与飞鸟更重要[65]。即使事情是：当你展开你的计划时，世界尽管如此之大，也不能容纳这些计划，你也应当去向作为导师的飞鸟与百合学习，面对上帝简单地把你的计划折叠起来放进比一个点更小的空间，并且只发出比"最没有意义的卑微"更小的噪音：在沉默中。即使你在世界里承受的痛苦是前所未有地难以忍受的，你也应当承认百合与飞鸟是你的导师，你不要觉得你对于你自己比那在其小小的麻烦之中的百合和飞鸟对它们自己更重要[66]。

在福音使"飞鸟与百合应当成为导师"成为严肃的时候，事情就是这样。在诗人那里，或者说，在那"恰恰因为缺少严肃而在百合与飞鸟的沉默中无法变得完全沉默——却成为了诗人"的人那里，情况就不同了。就是说，诗人所说在很大程度上确实不同于普通人所说，诗人的话如此庄严，以至于同普通人的话相比，它几乎就像是沉默，但这却仍不是沉默。而"诗人"也不是因为想要缄口而寻求沉默，恰恰相反，他寻求沉默是为了想要开始说话——像一个诗人那样说话。在那外面，在沉默之中[67]，诗人梦想着那他不会去实现的丰功伟绩——因为诗人当然不是英雄；诗人变得善于雄辩——他变得善于雄辩也许恰恰是因为他是丰功伟绩的单恋者[68]，——而英雄则是其幸福的爱人[69]；这样，由于这

缺憾使得他善于说话,正如缺憾在本质上造就诗人——所以他变得善于说话;他的雄辩就是诗。在那外面,在沉默之中,他设计着改造和造福世界的宏伟计划,从来不变成现实的宏伟计划——不,它们当然变成诗歌。在那外面,在沉默之中,他孵伏在自己的痛楚之上,让一切,——是的,甚至导师,飞鸟与百合,都必须为他服务而不是教导他——他让一切发出他的痛楚的回音;痛楚的这种回音就是诗歌,因为一声尖叫完全不是诗歌,而这尖叫的无限回声就其自身而言则是诗歌。

所以,在百合与飞鸟的沉默中,诗人没有变得沉默,为什么? 因为他把这关系弄颠倒了,他在与百合与飞鸟的比较中把自己弄成"那更重要的",自欺欺人地觉得自己有功劳,所谓"把辞句和话语借给了飞鸟与百合",而不觉得自己的任务是"向百合与飞鸟学习沉默"。

哦,我的听者,但福音还是可以成功地借助于百合与飞鸟来教你"严肃",同样也教我,并且使你面对上帝变得完全沉默! 你在沉默之中会忘记你自己,你叫什么,你自己的名字,显赫的名字,悲惨的名字,无足轻重的名字,这样,你就能够在沉默之中向上帝祷告:"愿人都尊你的名为圣!"[70] 你在沉默之中会忘记你自己,你的计划,那些宏伟的、包容一切的计划,或者那些为了你的生活及其将来所做出的有限计划,这样,你就能够在沉默之中向上帝祷告:"愿你的国降临!"[71] 你在沉默之中会忘记你的意志、你的任性,这样,你就能够在沉默之中向上帝祷告:"愿你的旨意行!"是的,如果你能够从百合与飞鸟那里学会面对上帝完全沉默——这是福音无法帮你达到的,如果你能够学会,那么对于你,没有什么会是不可能的。但是只要福音通过百合与飞鸟教了你沉默,那么,它岂不是已经给予了你帮助,而这是怎样的帮助啊! 因为,正如前面所讲,敬畏上帝是智慧的开始,而沉默则是敬畏上帝的开始。走向蚂蚁并且变得智慧,所罗门如是说[72];走向飞鸟与百合并且学习沉默,福音如是说。

"首先寻求上帝的国和他的正义"。但是表达"一个人首先寻求上

帝的国"的正是沉默,是百合与飞鸟的沉默。百合与飞鸟寻求上帝的国而根本不寻求别的,其它的一切都会加之于它们[73]。但是如果它们根本不寻求别的东西,难道它们不是首先在寻求上帝的国? 那么为什么福音说:首先寻求上帝的国;仿佛这里面有这样的意思,之后有别的东西可寻求,尽管很明显,福音的意思是说,上帝的国是那唯一应当被寻求的? 这不可否定地是因为,只有上帝的国首先被寻求的时候,它才能被寻求;而那没有"首先寻求上帝的国"的人,根本不是在寻求它。进一步说,这也是因为,"能够寻求"本身包涵了一种"能够寻求其它东西"的可能性,而对于这样的"也能够寻求其它东西"的人来说,福音暂时仍还是外在的,因此,这福音就必须说:上帝的国是你应当首先去寻求的。最后则是因为,福音温和而慈爱地降临于人,循循善诱把这人引向"那善的"。如果福音马上要说:你唯独应当寻求上帝的国,那么这人就会觉得这要求太高,他就会一半不耐烦地、一半恐惧害怕地退缩回去。而现在福音有点是在令自己去适应他。在这人眼前有着许多他想寻求的东西,这时福音就专门找到他说:"首先寻求上帝的国。"于是,这个人就想:好啊,如果我在以后还可以得到许可寻求别的,那么就让我以"寻求上帝的国"作为开始吧。这样,如果他真的以此作为开始,那么福音清楚地知道随即而来的是什么,就是说,他就会在这种寻求之中感到心满意足,以至于完全忘记去寻求别的东西,是的,他甚至完全不再有寻求别的东西的愿望,于是,现在这成为真的了:他唯独寻求上帝的国。如此是福音的行事方式,成年人对孩童说话也是如此。设想一个饿坏了的孩子;当母亲把食物摆上桌面而孩子看见了母亲所摆出的东西时,这孩子几乎是不耐烦地哭着说:"这一丁点有什么用,等我吃了它,还是一样饿";这孩子也许甚至变得很不耐烦,乃至根本不愿开始吃,"因为这一丁点根本没有用"。但是母亲知道这一切都是一种误解,她说:"是的,是的,我的孩子,你先把这些吃掉,然后我们随时都可以再看,是不是需要更多。"于是孩子开始吃;然后呢? 一半还没有吃完孩子就饱了。

如果母亲在一开始就马上教训孩子说"这已经足足有余了",那么,母亲固然没有说错,但她却没有通过自己的行为来给出一个智慧的例子;这智慧其实是教育的智慧,现在母亲通过诱导孩子"先吃这些",她的做法就是这智慧。福音的情形也是如此。对于福音来说最重要的不是教训和斥责;对于福音来说最重要的是使人们按它的要求去做。所以它说"首先寻求"。因此,可以这样说,它打住了这人的所有各种异议的话头,把他带入沉默,并且使他真正地首先开始这种寻求;然后这寻求使这人如此地满足,乃至现在这成为真的了:他唯独寻求上帝的国。

　　首先寻求上帝的国,亦即,变得如同百合与飞鸟,亦即,变得面对上帝完全沉默:然后其它的一切都会加之于你们。

# 二

## "一个人不能事奉两个主。
## 不是恶这个爱那个,就是重这个轻那个"[74]

我的听者,正如你所知,在这个世界上人们常常谈论非此即彼;这非此即彼引起极大的关注,它使得各种不同的人以不同的方式投入对它的研究:在希望之中、在畏惧之中、在忙碌的活动之中、在紧张的休止状态之中等等。你也知道,在这同一个世界中我们也听到过一种关于"不存在非此即彼"[75]的说法,而这关于"不存在非此即彼"的智慧现在又引发出与那"意义最重大的非此即彼"所能引发的同样大的关注。但在这里,在百合与飞鸟这里的沉默中[76],我们会不会对"存在有一种非此即彼"的说法有什么疑虑? 或者说,我们会不会对"'非此即彼'所是的东西"有什么疑虑? 或者说,我们会不会对"非此即彼在最深刻的意义上是否唯一的非此即彼"的问题有什么疑虑?

不,对此,在这里无法有任何怀疑;在这种庄严的沉默之中,不仅在上帝的天空之下的庄严的沉默之中,而且也在面对上帝的庄严的沉默之中,对此无法有任何怀疑。一种非此即彼存在着:要么上帝,——要么,是啊,然后其它的一切都无所谓;如果一个人没有选择上帝,那么,不管他在其余的东西中选择什么,他就都错过了非此即彼,或者说,他在他自己的非此即彼上迷失了。因而:要么上帝;你看,在后者(其它的一切)之中,除了"上帝之对立面"的情形[77],根本没有做任何强调(这样一来,上帝被无限地强调了),因而在根本上,是上帝,是上帝通过"使自身为选择的对象"而将选择之决定[78]收紧,使之真正地成为一个非此即彼。如果一个人会轻率地或者沉郁地[79]认为,在上帝作为"那唯一的"

在场的地方，事实上还是有三件可选择的东西，那么，他就是走上了迷途，或者说，他失去了上帝，因而对于他事实上也就没有什么非此即彼；因为，随着上帝被丢失，亦即，在上帝之观念消失或者被歪曲的时候，非此即彼也就失去了意义。但是，在百合与飞鸟那里的沉默之中[80]，这样的事情又怎么会在一个人身上发生呢！

　　因而，非此即彼；要么上帝，并且，如福音所阐释的，要么爱上帝要么恨上帝。是的，在有噪音环绕着你的时候，或者在你注意力分散的时候，这看上去几乎像一种夸张；从爱到恨看起来有着太长的一段距离，这距离之长使人无法有"让这两者相互靠近对方"的权利，这两者不能同处于一道鼻息之中、不能同处于一个单个的想法中，也无法共存于"没有插入性从句、没有构成呼应关系的插入词，[81] 甚至没有分隔符号"而直接相随的两句话之间。正如物体在真空之中以无限的速度下落，在那外面，在百合与飞鸟那里，"沉默"——那面对上帝的庄严的沉默——的情形也是如此，它使得这对立的两者[82]在同一个"此刻"中相互排斥着地接触对方[83]，当然，也在同一个"此刻"进入存在：要么爱，要么恨。正如在真空中不会有一个"第三者"来延缓物体下落的速度[84]，在这"面对上帝的庄严的沉默"中也不存在一个"第三者"，使"爱"与"恨"之间有一种延缓性的距离。——要么上帝，并且，如福音所阐释的，要么投身于上帝，要么蔑视上帝。在与他人的共处中，在买卖与谋生的关系中，在与人众的交往中，"投身于某人"和"蔑视某人"[85]之间有着极大的距离；"我无须与这个人交往，"有人说，"但这并不意味着我蔑视他，绝对不是。"与人众交往的情形也是如此，一个人善于应酬并且结交广泛，但他与人众的交往并没有本质的真挚，而只是一种可有可无的关系。相反，数量越少，从广泛的意义上说，人际间的社交量就越少，这就是说，交往就越真挚，一种"非此即彼"就开始在越来越大的程度上成为这关系之中的规律；而与上帝的交往则在最深刻的意义上无条件地是"非社交性的"。就看一下一对恋人吧，恋人关系也是一种非社交性的关系，而这恰恰是因为这种关系是如此地真挚；对于他们、对于他们间的关系来说,这就是:要么相互献身于对方,要么相互蔑视[86]。现在,在百合与飞鸟那里,在"面对上帝的沉默"中,绝没有任何他人在场,因而对于你也是,除了与上帝的交往之外没有任何其它交往;事情就是如此:要么投身于他,要么蔑视他。没有任何借口,因为没有任何他人在场,并且无论如何,没有任何他人以这样的方式在场:他让你能够投身于他而不蔑视上帝;因为正是在这种沉默中我们清楚地看到:上帝离你是多么地近。两个恋人相互如此地接近,以至于这两个人,只要那一个还活着,这一个就不可能"不蔑视那一个"地去投身于一个这两人之外的别人;这里所具的就是这对恋人关系中的"非此即彼"的东西。因为,这一"非此即彼(要么投身要么蔑视)"是否存在,要依据于两者间的接近程度有多大。但是上帝,当然是不死的上帝,更接近你,比那对恋人间的接近更无限地接近你;他,你的创造者和维持者[87];他,你生活、动作和存在都在他之中[88];出自他的慈悲你拥有一切[89]。于是,这个"要么投身于上帝要么蔑视上帝"就不是夸张,这不同于一个人因一些微不足道的小事而引进非此即彼,——一个这样的人,因此我们有理由称之为不近人情的人。这里的情形则不是如此。因为,一方面,上帝当然还是上帝。另一方面,他并非是相关于无关紧要的东西使用非此即彼,他不说:要么玫瑰,要么郁金香。他是相关于自身使用它,并且说:要么我……要么你投身于我并且无条件地在一切之中如此,要么你——蔑视我。上帝无疑不会以别的方式谈论其自身;如果上帝这样或者能够这样地谈论其自身,仿佛他不是那无条件的第一位,仿佛他不是"那唯一的",无条件的一切,而只不过是这样一种东西,一个寄希望于"也许还是会被考虑到的"的人;如果那样,那么上帝就是失去了其自身,失去了其自身的观念,并且就不是上帝了。

因而,在百合与飞鸟的沉默中有着一个非此即彼,要么上帝……,并且,被如此理解:要么爱他要么——恨他,要么投身于他要么——蔑视他。

这一非此即彼到底意味着什么？上帝要求的是什么？非此即彼是一种要求，正如恋人要求爱，恋人的这一个对那一个说非此即彼的时候，他们要求的当然是爱。但上帝不是以恋人的方式来使自己与你发生关系，而你也不是以恋人的方式来使你自己与他发生关系。这关系是另一种关系：受造者对创造者的关系。以这非此即彼他到底要求什么呢？他要求顺从，无条件的顺从；如果你不是在一切之中无条件地顺从，那么你就不爱他，如果你不爱他，那么——你就恨他；如果你不是在一切之中无条件地顺从，那么你就不投身于他，或者说，如果你不是无条件地并且在一切之中投身于他，那么你就不投身于他，如果你不投身于他，那么——你就蔑视他。

这一无条件的顺从——如果一个人不爱上帝，那么这人就恨他，如果一个人不是无条件并且在一切之中投身于他，那么这人就是蔑视他——你能够从导师那里学得这一无条件的顺从，而这导师就是福音所指的：百合与飞鸟。这叫作，一个人通过学习"去顺从"而学习"去统治"；而更确切的则是，一个人能够通过让自己顺从而教授顺从。百合与飞鸟的情形就是这样。它们没有"强迫那学习者"的力量[90]，它们的强迫性力量只有它们自己的顺从。百合与飞鸟是"顺从的[91]导师"。这不是一种奇怪的说法么？本来人们把"顺从的"这个词用在学习者的身上，对学习者的要求是他应当顺从；但在这里，导师自己是顺从者！那么他所教的内容是什么？教的内容是"顺从"。通过什么方式来教授？通过"顺从"来教授。如果你能够像百合与飞鸟那样地顺从，那么你就也应当能够通过顺从来向自己学习顺从。但是既然你和我无疑都无法如此顺从，那么就让我们向百合与飞鸟学习：

## 顺从。[92]

我们说过，在百合与飞鸟那里有着沉默[93]。但是这种沉默，或者说，那我们所努力向之学习的，"变得沉默"，是那"真正地能够顺从"的首要条件。当你周围的一切是庄严的沉默，如同在百合与飞鸟那里，当你身上有着沉默的时候，这时，你会感觉到，你会带着无限的专注[94]感觉到下面这句话中的真理：你应当爱你的主上帝并且只单单侍奉他[95]；你感觉到，是"你"，那应当如此地爱上帝的是你，在这整个世界里唯一的你，确实是唯一地被那庄严的沉默所笼罩的你：如此地唯一乃致每一个怀疑，每一个异议和每一个借口，每一个逃避，每一个问题，简言之，每一个声音，都在你自己的内心中被置于沉默，这每一个声音是除了上帝的声音之外的每一个别的声音——而上帝的声音笼罩你并在你身上通过这沉默来对你说话。如果从来没有沉默这样地笼罩你并在你身上，那么你就没有学会并且永远也学不会顺从。但是如果你学会了沉默，那么在学习顺从方面就不会有问题。

那么，去留意你周围的大自然吧。在大自然之中一切都是顺从，无条件的顺从。在这里"上帝的旨意发生，如同行在天上，也行在地上"；[96]或者如果有人以另一种方式引用圣词，这些词仍然是适用的：这里，在大自然之中，"上帝的旨意行在地上如同行在天上"。[97]在大自然之中一切都是无条件的顺从；在这里不仅仅，如同在人类世界中也是那样，不仅仅是因为上帝是全能的[98]，所以没有任何事物，哪怕是最微不足道的，没有任何事物是不依据于他的旨意而发生；绝没有，在这里也是因为一切都是无条件的顺从。然而，这无疑终究是一个无限的差异：因为，在一方面是，如果与他，"那全能的"的旨意相悖，那么，不管是最怯懦的，还是最顽逆的人的不顺从，不管是一个单个的人[99]的不顺从，还是整个人类的不顺从，哪怕是最微不足道的，都不会有发生的可能；在另一方面则是，他的旨意发生，因为一切都无条件地顺从他，因为在天上和地上除了他的旨意没有别的意志；而这就是大自然中的情形。在自然之中就是这样，正如《圣经》中所说："没有他的旨意，一只麻雀也不会掉落在地上"[100]；而这不仅仅是因为他是那全能的，而且是因为一切是无条件的顺从，他的旨意是那唯一的意愿：没有一点哪怕是小小的异议，一言一词都没有，连一声叹息都听不见；如果这是他的意愿，那么，那无条件地顺从的麻雀就会无条件顺从地落在地上。在大自然之中一切是无条件的顺从。风的嘘唏、树林的回声、溪水的潺潺、夏天的哼吟、树叶的低语、草的簌簌，每一个声音，每一个你听见的声音，这全都是顺从，无条件的顺从，于是你能够在之中听见上帝，正如你能够在一种音乐之中听见他，这音乐是"顺从中的天体运动"[101]。那猛刮着的狂风的暴烈、云朵的轻盈的形态变化、大海的点滴状的流动性及其内聚、光芒的迅速和声音更快的疾速[102]：这全都是顺从。准时的日出、准时的日落、风在示意之下[103]的转向、特定周期里的潮涨潮落、季节在准确变换之中的一致性：一切，一切，这全都是顺从。是啊，如果天上有一颗想要有自身意志的星辰，或者地上有一粒这样的灰尘：那么它们在同一瞬间都被化为乌有，同样地轻而易举。因为在大自然之中一切是乌有，以这样的方式理解：这是无条件的上帝的旨意而绝非其它，而在它不是无条件的上帝的旨意的瞬间，它就停止了存在。

那么，让我们更进一步，并且以人的方式，来审视百合与飞鸟，以学习顺从。百合与飞鸟对上帝是无条件地顺从的。在这点上，它们是大师。正是作为导师，它们知道怎样以大师的方式去达到目标："那无条件的"——唉，在这一点上，大多数人则肯定是会错过和失误的。因为，有一样东西是百合与飞鸟无条件地不明白的，而这东西却是大多数人领会得最清楚的：折中。[104]一点小小的不顺从不会是无条件的不顺从；这是百合与飞鸟所无法理解的，这是它们所不愿意理解的。百合与飞鸟无法并且不愿理解的是：最小最小的"不顺从"会在事实上不是"蔑视上帝"而是其它的东西[105]。百合与飞鸟无法并且不愿理解的是：人在除了事奉上帝之外，部分地，也应当能够去事奉其它东西或者其他人，并且这个行为还能够不是"蔑视上帝"的行为。在这"达到目标"之中，在这"在'那无条件的'之中具备自己的生命"[106]之中，有着多么奇妙的可靠性[107]！哦，还有，你们这些思想深刻的导师，除了在"那无条件的"之中，是不是还有可能在别的地方找到可靠性，既然"那有条件的"在其自身是不可靠的[108]？！那么，让我换一种方式吧，也许还是这样说更好：我不应当去赞叹那它们用来达到"那无条件的"的可靠性，更确切地，我倒是应当说，[109]那赋予它们值得赞叹的可靠性而使它们成为了顺从之导师的，正是"那无条件的"。因为百合与飞鸟对上帝无条件地顺从，它们在顺从之中是如此地简单或者如此地崇高，乃至它们相信所有发生的事物都无条件地是上帝的旨意，并且，要么无条件顺从地行上帝的旨意，要么无条件顺从地将自己置身于上帝的旨意之中，除此之外，它们在世界上根本没有其它事情可做。

尽管那被指派给百合的所在真的是所有可能的所在之中最不幸的，以至于我们很容易就能预期到，在它的全部生命中，它都将是完全无足轻重而多余的东西，不被任何一个有可能会喜欢它的人留意；尽管地点和环境（是的，在那里我忘记了我所谈论的是百合）是如此"绝望地"不幸，以至于它不仅仅是没有被寻求，而且还被躲避，然而顺从的百合顺从地接受自身的境况，并且在它自己的一切美好之中绽放。我们人类，或者，一个人，处在百合的位置，肯定会说："这是艰难的，这是无法忍受的，如果一个人是百合并且美好如百合，却被指派到这样一个地方，要在一种在所有各种可能的处境之中最不利的地方绽开花蕾，仿佛是为了消灭对其美好之印象；不，这是无法忍受的，这无疑是造物主的一个自相矛盾！"一个人，或者我们人类，在我们处在百合的位置时，会这样想和这样说，并且在这样的想法之中因悲戚而凋谢。但是百合所想则不同，它这样想："不用说，我自己并不能决定地点和境况，所以这与我没有丝毫关系；我站在我所站的地方，这是上帝的意志。"百合如此想；而事实上也正如百合所想，这是上帝的意志，我们可以在百合上看出这一点，因为它是美好的——即使所罗门穿戴着其华丽盛装也不及它的美好[110]。哦，如果百合与百合之间在"美好"上有着区别，那么这朵百合就可以得奖：它具有更多的一种美好；因为当一个人是百合时，"是美好的"其实不是艺术；但在这种境况中"是美好的"，在这样一种环境里——这环境尽其所能来阻碍它——，在这样一种环境里依旧完全是其自身并且坚持着其自身、嘲弄整个环境所具的权力，不，不是嘲弄——百合不会这样做——，而是在它自身的一切美好之中无所顾忌！因为，哪怕环境恶劣，百合还是它自己，因为它对上帝无条件地顺从；因为它对上帝是无条件地顺从的，所以它无条件地无所顾忌——这种无所顾忌，特别是在这样的环境下，只有"那无条件地顺从的"才能做到。因为它完完全全地是它自己并且是无条件地无所顾忌的（这两者直接地相互对应并且反过来亦是如此），因此它是美好的。只有通过无条件的顺从一个人才能够无条件准确地达到他所应当站在那里的"位置";当一个人无条件地达到了这个位置,这个人就懂得,其实"这个位置是不是一个垃圾堆"这个问题是一无条件地无足轻重的问题。——如果百合所遭遇的是所有可能发生的事情之中最不幸的,以至于它绽开的瞬间是如此地不利,以至于它(根据它在事先几乎可以确定地估计出的结果)将在这同一瞬间被折断,这样它的"进入存在"就成为它的毁灭,是的,这看起来就是,它进入存在并且变得美好就是为了走向毁灭;这顺从的百合正是在这样的意义上作为一个顺从者的,它知道上帝的意志是如此,它绽开,——如果你在这一瞬间看它,那么你根本看不出有任何迹象表明这开花的过程同时也是它的毁灭,它发育得如此完全,它如此丰富而美丽地绽蕾,它如此丰富而美丽地——因为这全过程只是一瞬间——无条件顺从地接受它的毁灭。一个人,或者我们人类,在处于百合的位置时,会对那"进入存在"和"毁灭"是同一件事的想法感到绝望,而在这种绝望之中,我们阻碍自己去成为我们本来可以成为的东西,尽管那只是一个瞬间。百合的情形则不同;它是无条件地顺从的,所以它在美好之中成为其自身,它在事实上实现其全部的可能性,不受干扰地,无条件地,不为那"这同一瞬间是它的毁灭"的想法所干扰。哦,如果百合与百合之间在"美好"上有着区别,那么这朵百合就可以得奖;它具有更多的一种美好——尽管在这同一瞬间毁灭是确定的它还是如此地美好。确实,直面毁灭而有着勇气与信仰去进入存在,去成就其全部美好,这只有无条件的顺从才能做到。一个人,正如上面所说,会被毁灭的确定所干扰,这样他就没有去实现他的可能性,而这可能性则是被赋予他的,哪怕他注定只能得到那最短暂的生存。他会说,"用于什么目的?"或者他会说,"为什么?"或者他会说,"这能有助于什么?";这样他就无法让自己的全部可能性得以展开,相反,他一瘸一拐而丑陋地,在那瞬间到来之前就已经自己毁灭了自己。只有无条件的顺从能够无条件准确地达到"那瞬间";只有无条件的顺从能够利用这瞬间而无条件地不受下一瞬间的干扰。

尽管"飞鸟要飞走"的瞬间出现时,飞鸟根据自己的理解,确定地知道,就它现有的状态说,它的状态很好,确定地知道,通过飞离,它这样将脱离"那确定的"以便去把握"那不确定的",这顺从的飞鸟还是马上开始它的飞行;简单地,借助于那无条件的顺从,它只明白一件事,但是它对这件事是无条件地明白的:此刻是那无条件的瞬间。——当飞鸟与这生命的严酷相遇时[111],当它经受艰难与逆境的考验时,当它有好几天每一个早晨都发现自己的巢被毁时,这顺从的飞鸟每天带着那初次的兴致和细心重新开始自己的工作;简单地,借助于无条件的顺从,它只明白一件事,但是它对这件事是无条件地明白的:这是它的工作,它唯一要做的就是它的工作。——在飞鸟不得不经历这个世界上的恶意时,当那小小的鸣唱上帝之荣耀的飞鸟不得不忍受一个顽童为了好玩而怪声模仿鸟语以尽可能地打扰那庄严时;或者当一只孤独的鸟终于找到了自己所喜爱的环境(一根可爱的树枝,它特别爱在之上逗留,另外,可能因各种最珍贵的回忆而对之特别感到亲切),偏偏却有一个以"用石头打鸟或者以别的方式把鸟赶离这个地方"为乐趣的人(唉,一个这样的人,他作恶,孜孜不倦如那飞鸟,它虽然被驱赶和惊吓,却还是孜孜不倦地寻求回返到自己的爱、自己的旧居)出现时;这时,这顺从的飞鸟无条件地忍受一切;简单地,借助于无条件的顺从,它只明白一件事,但是它对这件事是无条件地明白的:如此发生的一切其实与它无关,因而只是在不根本的意义上牵涉到它,或者更确切地说,那根本地与它相关的东西,也是无条件的,那就是:无条件地顺从上帝,忍受上述的那些考验。

百合与飞鸟情形就是如此,它们是我们应当学习的对象。因此你不应当说,"百合与飞鸟,它们确实能轻而易举做到顺从,它们毕竟无法做其它事情,它们也无法以其它方式做这件事;以这样的方式成为'顺从'的一种榜样,只不过是把必然性当德行。"[112] 你不应当这样说,你根本就什么都不应当说,你应当沉默和顺从,这样,即使事情真是那样,即使百合与飞鸟所做的真的是把必然性当德行,你也可以成功地去把必然性当德行来实践。你当然也处于必然性之下;上帝的旨意当然仍还是将发生,那么你就通过无条件顺从地实行上帝的旨意,去努力把必然性当德行来实践吧。上帝的旨意当然仍还是将发生,那么你就通过无条件顺从地使你自己接受上帝的旨意,设法去把必然性当德行来实践吧,如此无条件地顺从,以至于你真正地可以在"行上帝的旨意"和"使自己接受上帝的意志"的关系上谈论你自己:我无法做其它事情,我也无法以其它方式做这件事。[113]

这是你应当追求的,而且你应当审思:百合与飞鸟的情形如何,对于一个人来说要做到"无条件地顺从"是不是真的更艰难;——对于人还有着一个危险,一种(如果我敢说)会减轻他的艰难的危险,这危险就是,失去上帝的耐心。因为,你是否曾真正严肃地审视过你自己的生活,或者审视过人类的生活、人的世界(这"人的世界"是如此地不同于大自然,在大自然之中一切都是无条件的顺从)?你是否曾这样审视,你是否感觉到(却没有毛骨悚然),感觉到这是怎样的一个真相:上帝将自己称为"忍耐的上帝"?[114] 他,这个说"非此即彼"(这样地理解,就是说"要么爱我要么——恨我"、"要么投身于我要么——蔑视我")的上帝,他有着忍受你、我和我们所有人的耐心! 如果上帝是一个人,那会怎样? 在很久之前,在很久很久之前,我以我自己为例,按理他必定已经又累又烦地受够了我、受够了"与我有关系",并且,会像人类中做父母的那样,尽管是因为完全另外的原因,说:"这孩子又顽皮又病态又愚蠢又令人头痛,尽管说他还有些优点,但他身上又那么多坏处,没有人能够受得了他。"是啊,没有人能够忍受这孩子,只有那耐心之上帝能够忍受他。

　　现在，想一下那数不清的"正活着的"人们！我们人类说"去做小孩子的严师[115]是一个需要耐心的工作"；而现在，上帝，作为那"数不清的众多之人"的严师，要有怎样大的耐心啊！那要求有无限大的耐心的事情是，在上帝作为严师时，所有孩子都或多或少地有着幻觉，他们以为自己是长大了的成年人，这种幻觉是百合与飞鸟绝对不会有的幻觉，而无疑正是因此，无条件的顺从才那么地容易地降临于它们。"欠缺的只是"，一个人类的严师会说，"欠缺的只是，这些孩子在幻觉中以为自己是成年人，这样你[116]就会失去耐心而绝望；因为没有人能够忍受这个。"不，没有人能够忍受这个；这只有那耐心之上帝能够忍受。看，因此上帝将自己称作"耐心之上帝"。他当然知道自己所说的是什么。这不是他在一种心境之中突然想到要如此称呼自己；不，他不会因为心境而有所变化——如果因心境而变化，那么就是"不忍耐"了。他从永恒中知道这个，他从千千万万年的日常经验中知道这个；他从永恒之中知道，只要现世还将持续[117]，只要人类还在现世之中，他就必须是耐心之上帝，因为，否则那人类的"不顺从"是不可忍受的。相关于百合与飞鸟，上帝是慈父般的创造者和维持者，只有相关于人，他才是耐心之上帝。确实，这是一种安慰，一种非常必要而无法描述的安慰，为此《圣经》中说，上帝是耐心之上帝——以及是"安慰之上帝"[118]。但是如下一点当然也是一件严肃得可怕的事情：上帝之所以是耐心之上帝，是因为人的"不顺从"；"人不去虚妄地滥用这耐心"是一件严肃得可怕的事情了。人在上帝身上发现了一种特性，这是那"总是无条件地顺从"的百合与飞鸟所不懂的；或者说，上帝对人有着足够的慈爱，因而他让人得到这启示：他有这种特性，他是耐心。但是，上帝的耐心在某种特定的意义上当然就对应于——哦，可怕的责任！——人的"不顺从"。这是安慰，但这安慰是在一种可怕的责任之下。一个人必须知道：即使所有人都放弃了他，是的，甚至连他自己都差不多快要放弃自己的时候，上帝还是那耐心之上帝。这是一笔不可估量的财富。哦，然而请正确地使用它，记住，这是你的积蓄；为了那在天的上帝，请正确地使用它，否则这

财富会使你坠入更大的悲惨，它会转变成其反面，不再是安慰，而成为一切之中最可怕的指控并指向你。因为，对于你，这看来似乎是一种严厉的说法[119]（虽然它还是严厉不过真相），这"不去无条件地在一切之中投身于上帝"，这"马上"就是——蔑视他：这"虚妄地滥用他的忍耐性"，这就是蔑视上帝，——这样说，当然不能算是一种太严厉的说法！

因此，要小心，要按照福音的指示去向百合与飞鸟学习"顺从"。不要让自己畏缩，在拿你的生活与这些导师的生活作比较的时候，不要绝望。没有什么可绝望的，因为你当然应当向它们学习；福音首先是通过对你说"上帝是耐心之上帝"来安慰，然后它接着说：你应当向百合与飞鸟学习，学习"去无条件地顺从如同百合与飞鸟"、学习"不去事奉两个主"；因为没有人能够事奉两个主，他必定是非此……即彼。

但是，如果你能够变得无条件地顺从如同百合与飞鸟，那么你就学会了你应当学的东西，而这是你从百合与飞鸟那里学得的（如果你完全地学会了这个，这样你就成为了"那更完美的"，以至于百合与飞鸟从"作为导师"变成为了比喻），你学会了"只事奉一个主"、"只爱他一个"和"无条件地在一切之中投身于他"。这时，那祷告，那本来确实也一样会实现的祷告，在你向上帝祈求时，也就在你的身上实现："愿你的旨意，如同行在天上，也行在地上"[120]；因为，通过无条件的顺从，你的意志与上帝的意志合一，于是那在天上的上帝意志在地上、在你这里得以发生。在你接下来祈祷时，你的祷告也会被上苍听见："让我们不陷于诱惑"；[121]因为，如果你对上帝是无条件地顺从的，那么在你内心中就没有什么意义模糊的东西[122]，而如果在你内心没有什么意义模糊的东西，那么你面对上帝就是纯粹的简单。然而，有一样东西，是撒旦的所有狡猾和一切诱惑的陷阱所无法突袭和捕获的，这就是简单。撒旦目光敏锐地侦寻的猎物——这猎物是在百合与飞鸟那里找不到的；一切诱惑（在它们确定了自己的猎物的时候）所瞄准的东西——这是在百合与飞鸟那里所找不到的：就是"那意义模糊的"。在"那意义模糊的"所在之处就有诱惑，并且也太容易只是作为更强者在场。[123]但是，在"那意义模糊的"所在之处，在其根本之下也以某种方式有着"不顺从"；正因此，在百合与飞鸟那里就根本没有任何意义模糊的东西，因为那无条件的顺从深刻而全面地存在于那根本之中；正因为在百合与飞鸟那里没有意义模糊的东西，所以百合与飞鸟不可能被引入诱惑中。撒旦在没有意义暧昧的东西的地方是无奈的，诱惑在没有意义暧昧的东西的地方是无奈的，这如同张网捕鸟的人看不见鸟的影子；但是，如果有，哪怕只是极小极小的一丁点"意义模糊的东西"的影子，那么，撒旦就是强大的，并且诱惑就开始狩猎；他是敏锐的，他，这邪恶者，他的陷阱叫作诱惑，而他的猎物叫作"一个人的灵魂"。[124]事实上那诱惑不是从他那里出来的，从他那里出来的是乌有，但没有任何意义模糊的东西能够逃出他的眼睛；一旦他发现"那意义模糊的"，他那里就有了诱惑。但是，那借助于无条件的顺从而藏身于上帝的人，他是无条件地安全的；他能够从他安全的藏身处看见魔鬼，而魔鬼无法看见他。从他安全的藏身处，因为，正如对于"意义模糊"有高度敏锐那样，魔鬼在看见"简单性"的时候，变得同样高度地盲目，变得盲目或者被盲目所打击。然而，那无条件地顺从的人在审视这魔鬼的时候，不会是没有惊悚的；这闪烁的目光，看起来仿佛能穿透大地、海洋，以及心灵中隐藏得最深的秘密，就像这目光确实能够做得到的那样——而有着这目光的魔鬼，他却是盲目的！但是，那设置诱惑之陷阱的魔鬼，如果他相对于那借助于无条件的顺从而藏身于上帝的人是盲目的，那么对于这个人就没有诱惑，因为"上帝不诱惑任何人"。[125]这样，他的祷告被听见了："让我们不陷于诱惑"，这就是说：让我永远都不因"不顺从"而冒险离开我的隐藏地，而在我犯下了一种"不顺从"的情况下，你也不要把我马上赶出我的隐藏地，在这隐藏地之外我马上会被引入诱惑。而如果他借助于无条件的顺从还留在他的隐藏地，那么他也就"被拯救出凶恶"[126]了。

没有人能够事奉两个主，一个人一定是要么恨这一个而爱那一个，要么投身于这一个而蔑视那一个。你们不能同时事奉上帝和玛门，不能同时事奉上帝和世界，不能同时事奉那善的和那恶的。因而，有两种权力：上帝和世界，善的和恶的；人之所以只能够事奉一个主，其原因无疑就是，这两种权力——虽然其中的一种是那无限地最强大的——处于你死我活的搏斗中。这一巨大的危险，一个人因为"是人"而置身于的这一危险，百合与飞鸟借助于无条件的顺从而避开了的这一危险——这无条件的顺从是幸福的无辜，[127] 因为上帝与世界不为它们而斗争，善与恶也不会为它们而斗争，这一巨大的危险是："这个人"被置于两种巨大的权力之间，而为他留下的是选择。这巨大的危险就是那使得一个人不得不"要么爱要么恨"的东西，是那使得他"不去爱"就是"去恨"的东西；因为这两种权力如此敌对，以至于对这一边的最小的偏向在那另一边看起来也是"那无条件的对立"。如果一个人忘记了他所处的这一巨大危险（请注意，这是一种危险，它具有这样的特点，"试图忘记它"实在不是对付它的有效手段），如果这人忘记了他处在这一巨大危险中，如果他认为他没有处于这一危险中，如果他甚至说自己平安无虞[128]，那么，福音的话语在他看来必定就是一种痴愚的夸张[129]。哦，但这恰恰是因为他在这一危险之中，如此沉陷，如此迷失，以至于他既没有关于爱的观念（上帝以这爱来爱他，并且正是出于爱，上帝要求无条件的顺从），也没有关于"'那恶的'的权力和狡诈"的观念，以及关于"其自身弱点"的观念。人从一开始就过于孩子气，因而不能并且也不愿理解福音；福音关于非此即彼的说法在他看来是一种不真实的夸张："危险会是如此之大，以至于无条件的顺从是必需的；'无条件的顺从'的要求会在爱中找到其依据"。——人无法在自己的头脑里接受这想法。

那么，福音是怎么做的呢？福音，它是教育之智慧，它不会通过介入一种与人的想法之争或者词语之争来向他证明：这应当如此。福音很清楚地知道，事情并非是，"一个人首先明白这是如此，如福音所说，

然后决定无条件地顺从";恰恰相反,通过无条件地顺从,一个人才开始明白,这是如此,如福音所说。所以福音使用权威并且说:你应当。然而在同一瞬间它又缓和下来,以至于它能够感动那最铁石心肠的人;它仿佛握住你的手,如同慈父握着他孩子的手,说:"来,让我们出去,到百合与飞鸟那里去"。到了那里,它继续说,"审视百合与飞鸟,让你自己沉浸在这审视中,在之中忘记你自己;难道这景观不感动你么?"当百合与飞鸟的庄严沉默在那里深深地打动你时,福音继续解释说:"然而,为什么这沉默如此庄严? 因为它表达出无条件的顺从,而以这种无条件的顺从,万物只事奉一个主,只为'唯一的主'服务,融合在完美的一致性中,在一种伟大的神圣仪式中,礼拜着,只向唯一者献身;那么,让这种伟大的想法抓住你吧,因为这全部都只是一种想法,去向那百合与飞鸟学习吧。"但是,不要忘记,你应当向那百合与飞鸟学习,你应当像那百合与飞鸟那样,变得无条件地顺从。记住,是人的罪[130]——因为"不愿事奉一个主"、或者因为"要去事奉另一个主"、或者因为"要去事奉两个乃至许多个主"——是人的罪打扰了整个世界的美丽[131],原先,在这美丽之中一切是那么非凡地好[132],人的罪把分裂置入一个一致性的世界;记住,每一项罪都是不顺从,每一种不顺从都是罪。

# 三

### "你们看那天上的飞鸟，既不种，也不收，也不积蓄在仓里"——不为明天的日子操心。"野地的草今天还在"[133]

看并且学习：

**快乐**。

那么让我们审视百合与飞鸟，这些快乐的导师们。"快乐的导师们"，是的，因为，你知道，快乐是可转达的；所以没有什么比那"自己是快乐的"的人更适合于教"快乐"了。教"快乐"的教师事实上只需自己是快乐的，或者自己是"快乐"，除此之外他什么都不用做；如果他自己不快乐，那么不管他怎样努力地传授快乐，这种授课都是不完美的。这样，没有什么事情比教授"快乐"更容易的了——唉，一个人只需自己总是真正地快乐的。[134]但是，这个"唉"，这个唉暗示了，这其实仍不是那么容易，就是说，"要让自己总是快乐的"不是一件那么容易的事情；因为，如果一个人是这样[135]，那么他能够很容易地教授快乐；再也没有什么是比这更明确的。

然而在百合与飞鸟那里，或者在百合与飞鸟教授快乐的地方，总是有着快乐。百合与飞鸟从来不会进入一个人类的导师（因为他把要在课堂上讲授的东西写在纸上或者放在他的藏书处，就是说，在别的地方，而不是总是在自己身上）有时候会遭遇的那种困境；不，在百合与飞鸟教授快乐的地方，总是有着快乐，这快乐当然就是在百合与飞鸟身上。这是<sup>136</sup>怎样的一种快乐啊,当白天刚刚拂晓,而飞鸟一早醒来进入这一天的快乐;怎样的一种快乐啊,虽然是另一种音色,当夜晚暮色降临,而飞鸟快乐地赶回自己的巢;怎样的一种快乐啊,那夏季长久的白天!<sup>137</sup>当飞鸟(它不仅仅是作为一个工作者在其工作中歌唱,而且它的本质的工作就是歌唱),当飞鸟快乐地开始它的歌唱时,这是怎样的一种快乐啊;这又是怎样的一种新的快乐,当那相邻而居的鸟也开始歌唱,然后在另一边相邻而居的鸟也开始歌唱,然后合唱的声音加入,怎样的一种快乐啊;最后这成为一片声音的海洋,它让树林和山谷、天空和大地给出回音,一片声音的海洋;在这片声音的海洋中,那启动了第一个音符的飞鸟现在雀跃于快乐;怎样的一种快乐,怎样的一种快乐啊! 如此是飞鸟的整个生命全部;在一切地方所有时刻它总是找到一些东西,或者更确切地说,找到足够的东西来感到快乐;哪怕一时一刻它都不浪费,对于它来说,如果在某一刻中不快乐,那么这一刻就被浪费了。——怎样的一种快乐啊,当露水滴落使百合清新,这得到了凉爽的百合现在正准备去休息;怎样的一种快乐啊,当百合在浴后心情愉快地在第一道阳光中晾干自己;怎样的一种快乐啊,那夏季长久的白天!哦,去审视它们吧;审视那百合,审视那飞鸟;看它们是怎样在一起的!怎样的一种快乐,当飞鸟藏身于百合之所在,在那里有它的巢,在那里它是那么无法描述地舒适,同时为了解闷与百合嬉戏促狭! 怎样的一种快乐啊,当飞鸟高高地在树枝上,或者更高,高高地在天空中满心喜悦地俯瞰自己的巢、俯瞰那微笑地仰视它的百合! 充满生命喜悦的、幸福的存在,如此丰富于快乐! 或者,是不是可能这快乐更少了一些,因为(如果以小心眼来理解)那使得它们如此快乐的东西是微不足道的?不,这,这小心眼的理解无疑是一个误解,哇,一种最可悲和最令人沮丧的误解;因为,那使得它们如此快乐的东西是微不足道的东西,这事实本身就是一种证据,证明它们自己就是快乐和快乐本身。难道不是么?

假如一个人所对之感到快乐的东西是全然乌有而这个人还仍是真正不可描述地快乐，那么这本身就是一种最好的证明，它证明了这个人自己就是快乐和快乐本身，而这正是那飞鸟与百合，那快乐的"学习快乐之导师"，正因为它们是无条件地快乐，所以它们是快乐本身。就是说，如果一个人，他的快乐是依赖于某些条件，那么他也就不是快乐本身，他的快乐说起来不过是那些有条件的快乐，并且有条件地关系到这些条件。但是，如果一个人是快乐本身，他就是无条件地快乐的，正如反过来说，如果一个人是无条件地快乐的，他就是快乐本身。哦，为了能够让我们变得快乐，这些条件为我们人类带来了多少麻烦和忧虑啊，即使我们得到了所有这些条件，我们可能还是无法变得无条件地快乐。不是吗，你们，思想深刻的"快乐"之导师们，这不可能有什么不同；因为，如果借助于条件的，哪怕具备了所有条件，这还是不可能变得比条件性的快乐更多或者变得不同于条件性的快乐；各种条件和"那条件性的"是相互对应的。不，只有那是"快乐"本身的才能够成为无条件地快乐的，而只有通过无条件地快乐一个人才能成为"快乐"本身。

然而难道一个人不能完全简要地说明，快乐是如何作为飞鸟与百合的教学内容的，或者那"作为飞鸟与百合的教学内容的"是什么，就是说，一个人能不能完全简要地为它们的教学做出各种思维上的定性？答案是肯定的，这完全可以轻而易举地做到，因为，不管飞鸟与百合是怎样地简单，它们都肯定不是没有思想的。因而，这完全可以轻而易举地做到；让我们不要忘记，从这样的角度上看，这本身就是一种不同寻常的简要化：飞鸟与百合自身就是它们所教的东西，它们自身就已经表达了那"它们作为教师所要讲授的东西"。这里所说的，不同于那直接和最初的本原性——"那飞鸟与百合在最严格的意义上第一手地拥有它们所教的东西"；这里所说的，是"后天获取的本原性"。[138] 这后天获取的本原性，它在那飞鸟与百合那里又重新是简单；因为，"一种授课是否简单"在很大程度上并非取决于"是使用简单的日常表达语还是使用浮华夸张的学术表达语"，不，"那简单的"是说：教师自己就是他所讲授的东西。这就是飞鸟与百合的情形。但是，它们对于"快乐"的教学（再一次：这快乐是它们的生命所表现的），它们对"快乐"的讲授，完全简要地说，就是如下：有一个今天，它在，在这个"在"[139]之上烙有无限的强调；有一个今天；并且没有、完全没有任何对于"明天"[140]的忧虑或者对于"后天"的忧虑。这不是飞鸟与百合的轻率，而是"沉默"与"顺从"的快乐。因为，沉默在大自然之中，当你缄口于这种庄严的沉默中时，"明天"是不存在的；当你顺从时，正如天地万物顺从，"明天"是不存在的，这不受祝福的一天，它是"多嘴饶舌"与"不顺从"的发明物。然而，当"明天"因为沉默和顺从的缘故而不存在时，"今天"就在沉默和顺从之中，它在，这样，"快乐"在，正如这快乐在飞鸟与百合之中。

什么是快乐，或者，什么是"是快乐的"？它是："对于自己来说真实地是在场的"；但这"对于自己来说真实地是在场的"，就是这个"今天"，这个"在今天"，真正地在今天。"你在今天"越是真实，那么，在"在今天"中，你就越多地"对于你自己来说是完全地在场的"，那么那不幸的一天，那"明天"对于你也就越不存在。快乐是那带着完全的强调的"在场的时间"：强调那现在在场的时间。所以上帝是至福，是永恒地说"今天"的他[141]，是在"在今天"中永远而无限地对自己在场的他。所以飞鸟与百合是快乐，因为它们通过"沉默"和"无条件的顺从"在"在今天"中完全地对自己在场。

"但是"，你说，"飞鸟与百合，它们很容易就能够做到"。回答：你不可以说任何"但是"，而是去向飞鸟与百合学习"这样地在今天完全对你自己在场"；于是，你就也是快乐。但是，如上面所说，不要说"但是"；因为这是严肃，你应当向飞鸟与百合学习快乐。你更不可自大，乃至你——因为飞鸟与百合是简单的，也许是为了觉得你是人，——乃至你变得诙谐并且，谈论某一个特定的明天[142]，说：飞鸟与百合，它们很容易就能够做到，它们甚至根本就没有什么"明天"来烦扰它们，"但是，一个人，这人不仅仅忧虑'明天'，忧虑他应当吃什么，而且也忧虑'昨天'，忧虑他已经吃了的——而没有付了钱的！"[143]不，不要用笑话来顽皮地打扰授课。而是去学习，至少从学习飞鸟与百合开始。因为，不会真的有人会认真地认为，那飞鸟与百合为之快乐的东西，以及那与之相似的东西，不是什么可令人为之快乐的东西！因而，你进入存在，你存在，你"今天"得到你的存在所必需的东西；你进入存在，你成为人；你能够看，记住，你能够看，你能够听，你能够嗅，你能够尝，你能够感觉；太阳为你灿烂——为了你的缘故，当太阳疲乏了，月亮随即就开始出现，然后星辰被点燃；季节成为冬天，大自然掩饰起自己、玩陌生人游戏——为了使你愉快；季节成为春天，飞鸟们成群而来——为了使你快乐，绿枝吐芽，树林秀美地生长、出落成新嫁娘——为了使你快乐；季节成为秋天，飞鸟离开，不是为了提高自己的价值，哦，不，是为了不让你因它而无聊，树林为了能够在下一次使你快乐而收藏起自己的妆饰：难道所有这一切不是什么可令人为之快乐的东西吗！哦，如果我敢责骂……；但是出自对飞鸟与百合的尊敬，我不敢，所以我不说，这不是什么可令人为之快乐的东西，而说：如果这不是可为之快乐的，那么就没有什么可为之快乐的东西了。要记住，飞鸟与百合是快乐，但是它们，以这样方式被理解的它们，与你相比，可为之快乐的东西远远要少得多，而你另外还有飞鸟与百合可使得你快乐。所以向百合学向飞鸟学，它们是导师，向它们学习：存在，在今天，并且让自己是快乐本身[144]。如果你不能快乐地看着飞鸟与百合（它们当然就是快乐本身），如果你不能快乐地看着它们并因而产生向它们学习的意愿，那么你的这种情形就如同一个这样的孩子，关于这孩子，老师这样说："他并不是缺少能力，另外，这事情是如此容易，所以根本谈不上能力的匮乏；这里一定是有别的原因，也许只是状态欠佳，我们[145]可别马上就过于严格地对待它，并且将之当作'不愿'乃至当作'固执'处理。"

这样，飞鸟与百合是教"快乐"的导师。不过，飞鸟与百合当然也有悲伤，正如整个大自然有着悲伤。难道天地万物不是在生灭流转之下叹息么——万物违背自己意愿地处在这生灭流转的统治下？[146] 所有一切都处在生灭流转的统治之下！ 那星辰，不管它有多么稳固地处在空中，是的，那位置最稳固的[147]，它还是会在它的堕落中变移，那从不易位的，它还是会在堕入毁灭的时候易位[148]；在被舍弃的时候，这整个世界以及存在于之中的一切都会被变换，如同人们变换外衣[149]，生灭流转的牺牲品！ 那百合，尽管避免了马上被投入火炉[150]的命运，但在事先经历了各种苦难之后，还是不得不凋谢[151]。 那飞鸟，虽然可以活到寿终正寝的那一天，但在事先经历了各种苦难之后，还是不得不在某一天死去，不得不与爱侣分离。 哦，这一切都是生灭流转，某一天一切成为其所是：生灭流转的牺牲品。 生灭流转，生灭流转[152]，这是叹息；因为"屈从于生灭流转"就是这一声叹息所意味的；被禁闭性，被束缚性，陷于囹圄；而这叹息的内容是：生灭流转，生灭流转！

但飞鸟与百合仍是无条件地快乐的；在这里你能真正地看见，福音如此说的时候是说得多么正确：你应当向飞鸟与百合学快乐。这样的快乐之导师；他虽然忍受如此无限深的悲伤，却还是无条件地快乐、无条件地是那"快乐"本身；你不可能找到比他更好的导师了。

飞鸟与百合是怎么处理这事情的？ 这看上去仿佛是奇迹般的事情：在最深的悲伤中无条件地快乐；当那里有着一个如此可怕的"明天"时，却仍然在，这就是说，"在今天"无条件地快乐。 它们是怎么处理这事情的？ 它们的做法完全是简单直接的（飞鸟与百合一向如此），但在它们的做法之中排除掉了这个"明天"，就仿佛它根本不存在。 使徒保罗有一句话[153]，飞鸟与百合将之铭记于心，而且以自己的单纯，完全逐字逐句地理解保罗所说，唉，正是这"完全逐字逐句地去理解"，正是这帮助了它们。 在这句话完全逐字逐句地被理解的时候，这句话有着极大的力量；在它不是完全逐字逐句地被理解的时候，它则多多少少是软弱无力的，到最后只不过是空洞的套话；但是，必须要无条件地简单[154]，才能够无条件地完全逐字逐句地去理解这话。"把你们的**所有**悲伤扔**给上帝**。"[155] 看，飞鸟与百合无条件地这么做。 借助于无条件的沉默和无条件的顺从,它们把**所有**悲伤扔出去,是的,如同那最有力的投掷机扔出什么东西,并带着这样的激情,正如一个人带着这激情把自己最讨厌东西扔掉;它们将之**扔给上帝**,带着这样的确定——正如最准确的武器带着这确定去击中对象,带着这样的信仰和信任——正如只有那最熟练的射手才具备这信仰和信任去射中目标。在同一个"此刻"——从最初的一瞬间开始的这同一个"此刻",是今天,是与它们进入存在的那第一瞬间同时的,——在同一个"此刻"里,它们是无条件地快乐的。多么奇妙的灵巧性啊! 能够如此地抓住自己的所有悲伤并且是一下子地抓住,然后能够将之灵巧地扔出去,并且如此确定地掷中目标! 这恰是那飞鸟与百合所做的,所以它们在同一个"此刻"是无条件地快乐的。这完全是合理的;因为上帝,那全能者,他无限轻松地承受整个世界和整个世界的悲伤——也包括那飞鸟与百合的。怎样一种不可描述的快乐啊! 就是说,这快乐是对于上帝,对于那全能者的快乐。

那么,去向飞鸟与百合学习吧,去学"那无条件的"所具的这种灵巧性。确实,这是一种奇妙的技艺;但正是因此你应当更仔细地留意飞鸟与百合。这是一种奇妙的技艺,并且,正如"柔顺之技艺"[156],它包含着一个矛盾;或者说,这是一种"解决一个矛盾"的技艺。"扔"这个词把思维引向一种对于力量的运用,仿佛一个人应当聚集起他的全部力量、通过一种巨大力量的努力——以强力来"扔掉"悲伤;然而,然而"强力"却正是不应当被使用的东西[157]。那应当被使用的,并且是应无条件地被使用,是"随和";然而,人还要去"扔掉"悲伤! 而且人应当扔掉"所有"悲伤;如果一个人没有扔掉所有悲伤,那么这人就难免还是保留有许多、一些、少许的悲伤,这样他不会变得快乐,更不可能无条件地快乐。如果一个人不是无条件地把他的悲伤扔给上帝,而是扔在其他地方,那么这个人就不是无条件地摆脱这悲伤,这悲伤就会以某种方式重来,而它重来时的形态往往是:一种更大、更苦涩的悲伤。因为,把悲伤扔掉——却不是扔给上帝,这是"消遣"[158]。但是,消遣对于悲伤只是一种可疑而模棱两可的医疗。相反,无条件地把所有悲伤都扔——给上帝,是一种"聚集",而且——是的,这种矛盾的技艺是多么奇异啊! ——一种聚集,通过它你无条件地摆脱所有悲伤。

　　那么去向飞鸟与百合学习吧。把你的所有悲伤扔给上帝！但是，那快乐却是你所不应当扔掉的，相反你要使用生命的所有力量以你所能紧紧抓住它。如果你这样做，那么账目就很容易算了：你总是保留着一些快乐；因为，如果你把所有悲伤扔掉，那么你就只保留你所拥有的快乐中的那些了。但是这只能算是很少的一点。所以，去向飞鸟与百合学习更多。把你的所有悲伤扔给上帝！完全地，无条件地，如同飞鸟与百合所做的；这样你就变得像飞鸟与百合那样无条件地快乐。就是说，这是无条件的快乐：崇拜全能；上帝，那全能者，就借助于这全能来承受你的所有悲伤，轻松如同承受乌有。而下一个（使徒[159]当然是这样接着说的），也是无条件的快乐：崇拜着地，敢于去相信"上帝关爱着你"[160]。这无条件的快乐正是对于上帝的快乐，——对于上帝，并且在上帝之中，你总是能够无条件地感到快乐。如果你在这种关系之中没有变得无条件地快乐，那么在你这里就无条件地有着错误：在你对"把你的所有悲伤扔给上帝"的不胜任中，在你对之的不愿中，在你的自以为聪明中，在你的任性固执中；简言之，这错误在于"你没有像飞鸟与百合那样"。只有一种悲伤，相关于这种悲伤，飞鸟与百合无法成为我们的导师；对这种悲伤，我们因而不在这里进行讨论：罪的悲伤。相关于所有其它的悲伤，如果你没有变得无条件地快乐，那么这就是你的错，因为你不愿向飞鸟与百合学习"通过无条件的沉默和顺从，变得无条件地对上帝感到快乐"。

　　还有一件事。也许你用"诗人"的话说："是的，如果有谁能够在飞鸟那里建家生活，隐居在森林的孤独中，在那里那飞鸟与其伴侣是一对，但是在那里没有什么别的社交伙伴；或者，如果有谁能够和百合一同生活在原野的平和中，在那里每一朵百合自己过自己的日子，在那里没有社交伙伴：这样一个人很容易就能把自己的所有悲伤扔给上帝而变得无条件地快乐，或者让自己继续无条件地快乐。因为，'社会关系'，恰恰这社会关系是一种不幸，它使人成为唯一的'以那关于社交和社交之福佑的不幸幻觉来烦扰自己和他人'的生物，而一个人的社交圈

范围越大,他为自己和这社交圈带来的败坏就越大。[161]"然而,你却不应当这样说。不,去进一步审视这事情,并且惭愧地承认:尽管有悲伤,这其实却是不可言说的爱情的喜悦,——带着这爱情的喜悦,飞鸟,雌的和雄的,是一对;尽管有悲伤,这却是对于独处状态的自足的喜悦,——带着这自足的喜悦,百合独处。事实上是这喜悦使各种社会活动不来打扰它们;因为社会交往毕竟存在在那里。去做出更进一步的审视吧,并且惭愧地承认:事实上,正是借助于无条件的沉默和无条件的顺从,飞鸟与百合无条件地对上帝感到快乐,并且正是这无条件的沉默和无条件的顺从,使得飞鸟与百合是同样地快乐,并且使得飞鸟与百合在孤独之中和在社交中同样地无条件地快乐。这样,你,去向飞鸟与百合学习吧。

如果你能够学习去变得完全像飞鸟与百合,唉,如果我能够学会这个,那么这祷告在你和在我就都也应当是真相,"主祷文"中最后的祷告词(作为所有真正的祷告的样本[162]——而真正的祷告就是:祈求让自己快乐、更快乐和无条件地快乐),在最终没有别的,没有任何别的东西要去祈求和欲望,而是无条件快乐地在赞美和崇拜中结束,这祷告词:"国度,权柄,荣耀,全是你的。"[163]是的,国度是他的;所以你须无条件地沉默,以免你打扰你自己而使你自己去留意"你存在",你要通过无条件的沉默的庄严表达出,国度是他的。权柄是他的,所以你须无条件地顺从、无条件地承受一切,因为权柄是他的。荣耀是他的;所以在你做的一切事情和你苦熬的一切事情里,你无条件地还有一件事可做,就是给他荣耀,因为荣耀是他的。

哦,无条件的快乐:国度和权柄和荣耀全是他的——在永恒中[164]。"在永恒中",看这个日子,"永恒"的日子,它当然永远没有终结。因此,无条件地坚持这个:"国度和权柄和荣耀全是他的——在永恒中",这样对于你有一个"今天",这个今天永远没有终结,一个今天,在之中你永远地能够变得对你自己来说在场。那么,就让天空塌陷吧,让那些星辰在万物的崩溃中改变位置,让飞鸟死去而让百合凋谢;你的快乐在这崇

拜之中，而在你的快乐中，你终究还是在今天挺过每一种沉沦毁灭幸存下来了。记住，这是与你有关的事情，如果说不是"作为人的你"的话，那么，"作为基督徒的你"——这事情与你有关：在基督教的意义上，甚至死亡的危险对于你都无足轻重的，这叫作"就在今天，你在天堂里"[165]；因而，从现世到永恒的过渡——所有可能的距离中的最大距离——是如此迅速，即使这个过渡要通过一切之毁灭而发生，却仍是如此迅速，以至于就在今天你在天堂里，因为在基督教的意义上，你居留在上帝之中[166]。因为，如果你居留上帝之中，那么不管你活着还是死去，不管在你活着的时候生活对于你是顺利还是艰难，不管你是今天死还是七十年[167]之后死，不管你是死在大海底最深处还是你在空中爆炸：你还是不会出离到上帝之外，你留驻，因而，你在上帝之中对于自己是在场的，所以在你的死日你也仍是"就在今天在天堂里"[168]。飞鸟与百合只生活一天，非常短的一天，然而它们仍是快乐[169]，因为，正如上面的文字中所阐述的，它们真正地在**今天**，对于自己在场于这个"今天"。而你，最长的日子赋予了你：生活于今天，并且就在今天存在于天堂，难道你不应当无条件地快乐么？你甚至应当，因为你能够，在快乐上远远地超过飞鸟，在每一次你祈告这一祷词的时候，这对于你是确定无疑的，并且，就在每一次你真挚地祈告这一快乐之祷词的时候，这也是你所趋近的。这快乐之祷词："国度，权柄，荣耀，全是你的，直到永远，阿们。"[170]

## 注释

1. **原野里的百合与天空中的飞鸟**〕在"关于百合与飞鸟的新的讲演"(相对于 1847 年的《不同精神中的陶冶性的讲演》第二部分中的"我们向原野里的百合与天空中的飞鸟学习什么"而言，这是新的讲演)的标题之下，克尔凯郭尔大约在 1848 年 4 月 20 日在日记(NB4:154)中写道："也许你说：哦，但愿我是飞鸟，它比一切尘世之物更轻盈地上升到天空中，如此之轻，以至于它能够让自己轻盈得足以在大海上筑巢。但愿我是原野里的一朵花，等等。这就是说，那被诗人作为至高的幸运来推荐的东西，人们想要回头追求的，多么没有道理啊，它被当成了那应当向前的人的教师。／就是说，在诗歌的意义上，人们想要往回退的，是退回到直接性之中(人们想要让童年回来等等)，但是在基督教的意义上，直接性失落了，它不应当是被想要回来，而是应当被再次达到。／在这些讲演之中，诗歌与基督教之间的冲突将被论述。在某种意义上，基督教与诗歌(诗歌是想要着的、吸引人的、麻醉人的，能够把生命的现实转变为一种东方的梦，就像一个少女能够想要一整天躺在沙发上让自己着魔)相比多么会是散文，——然而恰恰就是福音之诗。当然，百合与飞鸟在这一次会获得更多的诗意的色彩烙印，正为展示：那诗歌的'应当消失。因为，在诗歌真正地应当倒地而死的时候(不是作为一个心情恶劣的牧师的闲谈)，它就应当穿上庄严的礼服"(《克尔凯郭尔文集》，以下简称 SKS，第 20 卷，第 358 页)。在边上空白处(NB4:154. a)带有嵌入标记补充："亦即，自然描述。"也比较阅读 1849 年 3 月或 4 月的日记(NB10:169)，当时他正编辑整理并打算出版"关于我的作家活动的三个注释"(其中有两个在后来被收入《我的作家活动的观点》中作为附录，在他去世后由他的哥哥彼特·克里斯蒂安·克尔凯郭尔在 1859 年出版)，之中写道："那治理一切的力量在怎样的程度上是上帝，我是从这一点上最明白地看出来的：那些关于百合与飞鸟的讲演恰恰就是在这个时候成形的，——而这正是我所需要的。赞美上帝！没有与人争执也没有谈论自己，我说出了很多应当说出的东西，但却感人、温和而让人振作"(SKS，第 21 卷，第 340 页以下)。

2. **"与上帝有关的"**，在丹麦文原文之中是 gudelig，按字面意思是"虔诚敬神的"或者"神圣的"。Hong 的英译直接使用对应英语词 godly。译者在最初的翻译之中也是译为"虔诚的"。但是后来从丹麦文《克尔凯郭尔文集》(SKS)的注释说明得知，这个词在这里的意思其实是"与上帝有关的"。

　　　另外要强调的，这"与上帝有关的"还有更进一步的意义：就是说，这讲演是与创世之上帝有关的，其关注的对象不是基督论的，而是创世神学的。

3. **这本小书及其出现时的境况**〕是指，《原野里的百合与天空中的飞鸟》与《非此即彼。一个生命的残片》(第二版，由维克多·艾莱米塔出版)同时出版。当时的《地址报》对这两本书的出版都做了消息发布(*Adresseavisen*，nr. 111，den 14. Maj 1849)。对此，克尔凯郭尔在 1849 年 5 月的日记(NB11:53)中写道："三个与上帝有关的讲演(……)确定地与《非此即彼》的第二版结伴而行，以便强调出'左手所给的东西'和'右手所给的东西'间的差异"(SKS,第 22 卷,36,第 16-19 页)。

4. 按原文直译是"为我的最初的所写的我的最初的"——克尔凯郭尔常常追求文字游戏的效果,这是一例。

5. **紧接在《非此即彼》之后出版**]《非此即彼》出版于 1843 年 2 月 20 日,而《两个陶冶性的讲演》出版于 1843 年 5 月 16 日。

6. **1843 年出版的《两个陶冶性的讲演》……的前言**]比较阅读《两个陶冶性的讲演》(1843 年)的前言。

7. **那个'被我带着欣悦和感恩地称作是我的读者'的单个的人**]在丹麦语原文之中,这里是引用《两个陶冶性的讲演》(1843 年)的前言中的一个句子片断——"我带着欣喜和感恩将之称作我的读者,那个单个的人",因为中文和丹麦文的语法结构不同,译者对这引用的片断稍作改写。与《两个陶冶性的讲演》(1843 年)的前言相应的这种语言形式在 1843 年的另两部陶冶性的讲演集和 1844 年的三部陶冶性的讲演集所有前言里都出现过,另外也出现在《三个想象出的场合的讲演》的前言,《不同精神中的陶冶性的讲演》第一部分的"一个场合的讲演"的前言和第二部分的"我们向原野里的百合与天空中的飞鸟学习什么"的前言中。

8. 克尔凯郭尔在 1843 年和 1844 年各出了三本陶冶讲演集:《两个陶冶性的讲演》(1843 年)、《三个陶冶性的讲演》(1843 年)、《四个陶冶性的讲演》(1843 年)、《两个陶冶性的讲演》(1844 年)、《三个陶冶性的讲演》(1844 年)和《四个陶冶性的讲演》(1844 年)。

9. **它想要继续留在'那隐蔽的'……在大森林的遮掩之下的小花**]这是对《两个陶冶性的讲演》(1843 年)的前言中的一些句子片断进行重组的引用:"尽管这本小书……想要继续留在'那隐蔽的'之中,正如它在隐蔽之中进入存在……。它站在那里,像一朵无足轻重的小花,在大森林的遮掩之下。"比较阅读《两个陶冶性的讲演》(1843 年)的前言。

10. **《两个陶冶性的讲演》(1844 年)的前言**]参阅《两个陶冶性的讲演》(1844 年)(丹麦文版:»Forord« til *To opbyggelige Taler*,Kbh. 1844,i SKS 5,183)。

11. **它被以右手来给出**]这是根据《两个陶冶性的讲演》(1844 年)的前言中的一些句子片断的重组引用:"我的读者,以右手来接受那被以右手来给出东西"(丹文版:»Forord« til *To opbyggelige Taler*,Kbh. 1844,i SKS 5,183)。

12. **与那曾以左手并正以左手来被递出的假名正相反**]在 1849 年 7 月中旬的日记(NB12:10)之中,克尔凯郭尔写道:"另外,很奇怪,在《三个与上帝有关的讲演》的前言之中会有'与那曾以左手并正以左手来被递出的假名正相反'。关于《非此即彼》的第二版,倒是更应当去弄明白它;但考虑到新的假名,当然是有标志性意义的"(SKS,第 22 卷,第 151 页)。"新的假名"是指《致死的疾病》(写于 1848 年夏秋时期,但在 1849 年 7 月 30 日才出版)的作者安提-克利马库斯。另外在 1843 年 3 月或 4 月的日记(JJ:86)中,克尔凯郭尔写道:"无神论的提奥多鲁斯曾说：他以右手给出自己的学说，但他的信从者们以左手来接受它"（SKS，第 18 卷，第 166 页）。克尔凯郭尔在这里给出了这说法的来源，腾纳曼的哲学史：W. G. Tennemann, *Geschichte der Philosophie* bd. 1-11, Leipzig 1798-1819，ktl. 815-826；bd. 2，1799，s. 124，note39，这之中腾纳曼引用希腊哲学家普鲁塔克的《论心灵安宁》（Plutark, *De tranquillitate animi (Om sindsro)*，kap. 5,467c.）。

　　"假名"，也就是"笔名"。本来译者是译作"笔名"的，但因为考虑到研究克尔凯郭尔的学者们都把他的"笔名"说成是"假名"，因此就是用"假名"。不过"笔名"的拉丁语 pseudonym 也确实是由"假"和"名"构成的。

13. **1849 年 5 月 5 日**] 克尔凯郭尔的 36 岁生日。在《两个陶冶性的讲演》（1843 年）的前言结尾处所标日期是 1843 年 5 月 5 日。

14. "作人"，也就是说，"作为人"或者"是人"。

15. **在复活主日之后的第十五个星期日的福音**] 亦即《马太福音》(6:24-34)。按照《丹麦圣殿规范书》（*Forordnet Alter-Bog for Danmark*，Kbh. 1830［1688］，ktl. 381，s. 147）："这一福音由福音书作者马太从第 6 章第 24 节一直写到结尾。／（耶稣对自己的弟子说：）"在付印稿上，克尔凯郭尔写道："这一福音由福音书作者马太从第 6 章第 24 节一直写到结尾。／（耶稣对自己的弟子说：）"，在边上写："在复活主日之后的第十五个星期日的福音"（*Pap.* X 5 B 6,5，s. 207）。

16. **玛门**] 按布希那的《圣经》辞典，"玛门"是指"财富、金钱和现世利益"（Mammon: »Reichthum, Geld und zeitliche Güter«. *M. Gottfried Büchner's biblische Real- und Verbal-Hand-Concordanz oder Exegetisch-homiletisches Lexicon*，第六版，Vermehrt und verbessert v. Heinrich Leonhard Heubner，Halle 1840［1740］，ktl. 79，s. 923）。

17. **所罗门**] 所罗门（约公元前 930 年去世）是大卫与拔示巴的儿子，四十年以色列王（参看《列王记上》(11:42)）。

18. **极其荣华**] 所罗门以其富贵荣华闻名，参看《列王记上》(10:4-5、7、14-29)。

19. **一个人不能事奉两个主……一天的难处一天当就够了**] 这一段引自《丹麦圣殿规范书》对《马太福音》的引用，去掉了段落号码。

　　这个段落是译者直接取用中文和合版《马太福音》(6:24-34)，不过，编辑对文字稍作修改，以符合现代汉语语用习惯。

20. **在大海的表面筑巢**] 指冰鸟。基尔森（F. C. Kielsen）的《常人自然科学》说在许多寓言里人们提到冰鸟，并且说到它在水上建窝（*Naturhistorie for hver Mand* bd. 1-2，Kbh. 1809，bd. 2，s. 183）。克尔凯郭尔在别的地方提及这欧洲冰鸟（Alcedo ispida）在大海上建巢，比如说在日记（FF:49）中（SKS，第 18 卷，第 85 页），以及在《非此即彼》上部的《诱惑者日记》中："我几乎找不到落脚的地方，就像一只水鸟，我徒劳地想在我心灵中翻滚的大海里寻找降落的地方。然而这样一种不平静却是我的元素——我所依赖的元素，正如 Alcedo

ispida 在海上建窝"(社科版《非此即彼》上卷,第 405 页)。

21. 这一感叹,不是一句完整的句子。丹麦文的原文是:"…ak, jeg, hvem enhver end den mindste Bevægelse, blot jeg rører mig, lader føle, hvilken Tyngde der hviler paa mig!"

22. 这一感叹,不是一句完整的句子。丹麦文的原文是:"ak jeg, der intet Øieblik og Intet har for mig selv, men er udstykket til at maatte tjene de tusinde Hensyn!"

23. **然而,也许你用"那诗人"的话说……能够牺牲一切**] 参看对讲演标题的注释。

24. **一只天空中的飞鸟**] 暗示《诗篇》(8:7)和《耶利米书》(4:25)中所提及的空中飞鸟。另外,在 1847 年的《不同精神中的陶冶性的讲演》第二部分的"我们向原野里的百合与天空中的飞鸟学习什么。三个讲演"之中也说及"天空的飞鸟"和"天空中的飞鸟"(SKS 8,271,13f.)。

25. **语言差异**] 可比较《基督教讲演》(1848 年)第四部分"星期五圣餐仪式上的讲演"中的第三个讲演,在之中克尔凯郭尔比较了"我们"与上帝之间的语言差异。

26. **福音书中关于"作孩童"的说法**] 可能是指《马太福音》(18:1-5)中关于耶稣与他的弟子们的对话:"当时,门徒进前来,问耶稣说:'天国里谁是最大的?'耶稣便叫一个小孩子来,使他站在他们当中,说:'我实在告诉你们,你们若不回转,变成小孩子的样式,断不得进天国。所以凡自己谦卑像这小孩子的,他在天国里就是最大的。凡为我的名,接待一个像这小孩子的,就是接待我。'"

27. **关于……的绝望**] 在《致死的疾病》的第一部分中安提–克利马库斯区分了"对于(over)……的绝望"和"关于(om)……的绝望":"人们对于那将人困陷在绝望中的东西感到绝望:对于自己的不幸事故、对于'那尘俗的'、对于巨大价值的丧失,等等;但是人们感到绝望是关于那(正确地理解的话)将人从绝望中解放出来的东西:关于'那永恒的'、关于自己的拯救、关于自身力量,等等"(社科版《畏惧与颤栗恐惧的概念致死的疾病》,第 469 页)。译者对此做了注脚:"over 标示了绝望的原因或者机缘,而 om 则指向绝望所牵涉到的、所关心的。over 和 om 都是丹麦语中的介词,根据不同的上下文联系 over 和 om 可以有不同的翻译解释,包括'对于'和'关于'。而克尔凯郭尔想在这里强调的是,在他使用 over('对于')时,绝望是为'那将人困陷在那绝望中的东西'感到绝望,而在他使用 om('关于')的时候,绝望是为(无法达到)'将人从那绝望中解放出来的东西'而绝望。就是说,在他使用 over('对于')时,绝望包含有'不想要却无法避免'的意义;而在他使用 om('关于')时,绝望则包含有'想要却得不到'的意义。om 的词义本身之中包含有'为了达到……'或者'……以求……'、'为求'、'环绕'等等意思。而 over 除了'对于'之外也有'在……之上'的意义。"

28. 这个"悲凄"的丹麦语是"Trøstesløsheden",直接的意思是"无告无慰性"。

29. **诗人是"痛楚"的孩子,但父亲却将之称为"快乐"的儿子**] 在《创世记》(35:18)

中:"辣黑耳将要断气快死的时候,给他起名叫本敖尼;但他的父亲却叫他本雅明。"在希伯来语中,本敖尼(Ben‑Oni),意为"痛楚之儿子";本雅明(Ben‑Jamin),意为"幸福之儿子"。

30. 这一句按丹麦文语序直译是"在痛楚中,愿望在诗人身上进入存在"。

31. 丹麦语是 Læremesteren,这个词是由丹麦语的 Lære(学习)和 mester(师傅、大师)合成的。我本来译作"教导师"来区别于一段意义上的"老师",但是在2018 年 2 月,我与哥本哈根大学克尔凯郭尔研究中心的卡布伦教授讨论了之后,曾考虑使用"严师"来代替"教导师"或者"导师",但是因为文中出现过一个"skolemester",我译作"严师"来代替"校长",所以我仍使用"导师"。而丹麦语 Lærer,则译作普通的"教师"。

32. 你"应当"重新成为孩子〕参看前面对"福音书口关于'作孩童'的说法"的解释。

33. 因为在丹麦语和德语中,"小孩子"是中性的,就是说是不带性别的名词,所以代词就是用中性的"它"。这里考虑到中文的语言习惯,在中文中"孩子"有性别,而译者本人是一个"他",所以译作"他"。

34. 不存在任何藏身之处,无论在天上还是地下〕可能是演绎《诗篇》(139:7‑18)。

35. 使得人优越于动物的标志是"说话",……远远优越于百合的标志是"说话"〕也许是指亚里士多德对于植物性灵魂、感性灵魂与理性灵魂能力的等级性解读。亚氏主要是在其《灵魂论》(*De anima*)中对此作了论述(第二卷第三章414a 29‑415a 13)。与此相关的还有亚里士多德对于"人与其它生物的区分的标志是逻各斯(说话/理性)"的解读,在《政治学》(*Politica*)之中(第一卷第二章 1253a 10)。

　　西贝恩(F. C. Sibbern)在其《人的精神天性与本质。心理学大纲》(Sibbern, *Menneskets aandelige Natur og Væsen. Et Udkast til en Psychologie*,1.‑2 del, Kbh. 1819; 1. del)中把这两种解读联系在一起,其中在 § 3:"更高的生命形式是基于一种较低的而建立出来的,正如前者在时间上晚于后者到来。同样,我们在一个作为个体的人身上可以看见,首先是器官性的或者说植物性的生命,然后是动物性的,最后是更高的精神性生命。"在 § 7‑9,作者又对这些不同的灵魂能力间的关系做了进一步阐述,尤其是在 § 9 中:"在这些本质系列的一个完全不同的更高阶段中,人处于比任何动物都更高的位置",然后,在一个附言中:"语言是首要的,也是诸多性质之中最引人注目的,其全部更高天性已经在这里表达出自身。"

36. 首先寻求上帝的国和他的正义〕是对《马太福音》(6:33)中"你们要先求他的国和他的义"的引用。

37. 把我的所有财产施舍给穷人们〕指向《马太福音》(19:16‑22):"有一个人来见耶稣说:'夫子,我该作什么善事,才能得永生?'耶稣对他说:'你为什么以善事问我呢?只有一位是善的,你若要进入永生,就当遵守诫命。'他说:'什么诫命。'耶稣说:'就是不可杀人,不可奸淫,不可偷盗,不可作假见证,当孝敬父母。又当爱人如己。'那少年人说:'这一切我都遵守了。还缺少什么呢?'耶稣说:'你若愿意作完全人,可以去变卖你所有的,分给穷人,就必有财宝在天上,你还要来跟从我。'那少年人听见这话,就忧忧愁愁地走了。因为他的产业很多。"

38. 乌有(Intet):也就是"没有什么"(见前一句子中出现的"没有什么"):"但是如果这样,那么是不是在某种意义上也就是说,没有什么是我所应当去做的? 是的,确实如此,在某种意义上说是没有什么可做。"

39. **敬畏上帝是智慧的开始**]指向《诗篇》(111:10):"敬畏耶和华是智慧的开端。凡遵行他命令的,便是聪明人。耶和华是永远当赞美的。"《箴言》(9:10):"敬畏耶和华,是智慧的开端。认识至圣者,便是聪明。"

40. **正如敬畏上帝比智慧的开始更多,是"智慧"**]指向《约伯记》(28:28):"他对人说:'敬畏主就是智慧。远离恶便是聪明。'"

41. **上帝是全智**]参看《巴勒的教学书》(BallesLærebog)第一章"论上帝及其性质"第三段"《圣经》中关于上帝及其性质的内容",§5:"上帝是全智的,并且总是在他的各种决定中有着最佳的意图,同时总是选择最佳的手段去实现这些决定。"

　　通常我们说上帝是全知、全能、全善的,就是说上帝有完全的知识(无所不知),完全的大能(无所不能),完全的善。还有上帝的全在,是说上帝在一切地方在场(无所不在)。这里所说的全智,就是说上帝有完全的智慧。智慧不同于知识,所以不可把这"全智"理解为"全知"。

42. **上帝是爱**]参看《约翰一书》(4:7-8):"没有爱心的,就不认识神。因为神就是爱。"以及(4:16):"神爱我们的心,我们也知道也信。神就是爱。住在爱里面的,就住在神里面,神也住在他里面。"

43. **畏惧与颤栗**]　这是一个固定表述。参看《腓立比书》(2:12-13)。保罗在信中说:"这样看来,我亲爱的弟兄,你们既是常顺服的,不但我在你们那里,就是我如今不在你们那里,更是顺服的,就当恐惧战兢,作成你们得救的工夫;因为你们立志行事,都是神在你们心里运行,为要成就他的美意"("畏惧"在经文里被译作"恐惧战兢")。也参看《哥林多前书》(2:3)、《哥林多后书》(7:15)、《以弗所书》(6:5)。

44. 就是说,声音的功能在肉身的意义上失灵,就好像因为器官不能起作用而无法发声。

45. 这句句子在丹麦语原文中看上去是一句没有主语的感叹句"Hvor høitideligt er der ikke derude under Guds Himmel hos Lilien og Fuglen",这句子就等于是以地点取代主语"……那里是多么庄严啊"。

46. **人与神圣有着亲缘关系**]演绎《使徒行传》(17:28-29),在之中保罗对雅典教众说:"我们生活、动作、存留,都在乎他,就如你们作诗的,有人说:'我们也是他所生的。'我们既是神所生的,就不当以为神的神性像人用手艺,心思,所雕刻的金、银、石。"

47. "这"就是"能够缄默"。

48. **飞鸟缄默并且等待**〕也许是指丹麦赞美诗作者和主教布洛尔森（H. A. Brorson）的《天鹅之歌》(1765 年）（Psalmer og aandelige Sange af Hans Adolph Brorson，udg. af J. A. L. Holm，2. opl.，Kbh. 1838〔1830〕，ktl. 200，s. 862f.）第一段："这里将沉默，这里将等待。/这里将等待，哦，虚弱的心！/确实你要去接来，只有通过等待，/只有通过等待，去把夏天接来……"

49. **没有权限去知道时间或者日子**〕指向《使徒行传》(1:7)："耶稣对他们说，父凭着自己的权柄，所定的时候日期，不是你们可以知道的。"

50. 这一句的丹麦语是"den siger ikke »naar faae vi dog Regn? « eller »naar faae vi dog Solskin? «, eller » nu fik vi for megen Regn«, eller »nu var Heden for stærk«"，直译出来是："它不问'什么时候下雨?'或者'什么时候出太阳?'，或者'我们现在是不是有太多雨'或者'现在暑气太重'?"

51. 句子里两个"它"。前一个"它"是百合，后一个"它"是那瞬间。

52. 这个"承受"(at lide)，是对痛苦或者苦难的承受。

53. 这里"荒漠"和"孤独"都是名词。就是说："心情沉郁的'荒漠之哀歌歌手'或者'孤独之哀歌歌手'。"

54. 这里"烦躁"(Utålmodighed)是"忍耐"(Tålmodighed)的反义词。

55. **心灵在悲伤之中行罪**〕这是对赞美诗《节制悲哀与抱怨》第一段的随意引用："节制悲哀与抱怨，/上帝的话语让你安慰与喊叫，/不要让心灵在悲伤之中行罪，/从死亡我们开始生活"(Tillæg til den evangelisk-christelige Psalmebog，Kbh. 1845，nr. 610，s. 50f.，i Evangelisk-christelig Psalmebog til Brug ved Kirke-og Huus-Andagt，Kbh. 1845 〔1798〕，ktl. 197)。

56. 就是说，没有耐性的人，不忍耐的人。

57. 按照丹麦语原文"og det er en Lykke for den, at den ikke kan det"，这两个"它"都是指百合（因为这个它是通性代词，而百合是通性名词。"小孩"则是中性名词，与通性代词不能相互代换）。亦即："对于百合，'百合不能够掩饰自己'是幸运。"

58. 或者写为"'承受痛苦'就是'承受痛苦'"。

59. 痛苦(Lidelse)。动词 at lide 在一般的意义上是指"受苦"和"承受"；由这个单词衍生出的名词 Lidelse 也就是"痛苦"。名词"承受"的丹麦文是 Liden，动名词，相当于德语中的 Leiden。Liden 在哲学中是"行为"、"作用"或者"施作用"的反面。在费希特的《全部知识学基础》王玖兴中译本中有相应的"活动的对立面叫做受动"的说法。

60. 这句的丹麦语原文为"Og denne Ubestemthed fremkommer just ved dette Menneskets tvetydige Fortrin at kunne tale"，也可以理解为"而这种不确定性恰恰出现在人的'能够说话'这一模棱两可的优势上"。

61. 这里译者稍作改写。原文直译是："你不应当说'飞鸟与百合能够轻而易举地缄默，它们本来就不能说话'；这是你所不应当说的，你根本就什么都不应当说,不应当尝试,哪怕是做最微不足道的尝试,来使得沉默教学变得不可能,——在这种尝试中你不是严肃地对待'缄默',而是痴愚而毫无意义地把'沉默'混杂在'说话'之中,也许是作为'说话'所涉及的对象,这样一来沉默就不再存在,反而倒是冒出一段关于'保持沉默'的讲话。"

62. 这句的丹麦语是"Du skal for Gud slet ikke blive Dig selv vigtigere end en Lilie eller en Fugl",直译就是"你根本不应当面对上帝变得你对于自己比百合和飞鸟更重要"。这"对自己变得重要"的意思是"幻觉自己很重要"。

63. 就是说,"这就是一种自然而然"。

64. 这句的丹麦语是"om end hvad Du vil i Verden var den meest forbausende Bedrift",直译的话就是"甚至即使你在这世界想要的是那最惊人的壮举",译者稍作了改写。添加了"实现"。

65. 这句的丹麦语是"Du skal erkjende Lilien og Fuglen for Din Læremester, og for Gud ikke blive Dig selv vigtigere end Lilien og Fuglen",直译是"面对上帝你不要变得你对于自己比百合和飞鸟更重要"。这"对自己变得重要"的意思是"幻觉自己很重要"。

66. 这句直译应当是:"你不要变得你对于你自己比那在其小小的麻烦之中的百合和飞鸟对它们自己更重要。"这"对自己变得重要"的意思是"幻觉自己很重要",但是因为后面的百合与飞鸟也有了"对它们自己",所以译者保留直译中比较绕口的"对自己"。

67. 也可以译成"在那外面的沉默之中"。丹麦文是"I Tausheden derude"。

68. "丰功伟绩的单恋者"的丹麦文是"Bedriftens ulykkelige Elsker",直译为"丰功伟绩的不幸爱人"。丹麦语中"不幸爱人"有"单相思者或无结果的爱者"的意义。

69. "幸福爱人"就是说,爱情有回报的,不是单相思的爱人。

70. **愿人都尊你的名为圣!**] 主祷文,见《马太福音》(6:9-13):"所以,你们祷告要这样说:'我们在天上的父,愿人都尊你的名为圣。愿你的国降临。愿你的旨意行在地上,如同行在天上。我们日用的饮食,今日赐给我们。免我们的债,如同我们免了人的债。不叫我们遇见试探,救我们脱离凶恶,因为国度、权柄、荣耀,全是你的,直到永远,阿们。'"

　　另见《路加福音》(11:2):耶稣说:"你们祷告的时候要说:'我们在天上的父,愿人都尊你的名为圣。愿你的国降临。愿你的旨意行在地上,如同行在天上。'"

　　关于对主祷文的使用。克尔凯郭尔在 1849 年 3 月或 4 月的日记中(NB10:171)写道:"在三个与上帝有关的讲演中,并没有用到'愿你的国降临'这一句祷词,因为那样的话与主题相关的强调就会着重地落在'愿人都尊你的名为圣'上;由于在第二个讲演之中更明确地加入'愿你的旨意行在地上,如同行在天上',这句与主题(顺从)是最准确地对应的。另外,没有用到'免我们的债,如同我们免了人的债'这一句祷词,因为,在这方面百合与飞鸟不能够作为导师；最后，没有用到'我们日用的饮食，今日赐给我们'这一句祷词，因为这句在以前的那些讲演中得到了如此详尽的论述"(SKS，第21卷，第341页)。

在页边笔记上(NB10:171)有着"(沉默)"。

71. **愿你的国降临!**]见主祷文。参看上一个注释。

72. **走向蚂蚁并且变得智慧，所罗门如是说**]《箴言》(6:6)："懒惰人哪，你去察看蚂蚁的动作，就可得智慧。"

73. **其它的一切都会加之于它们**]对《马太福音》(6:33)"你们要先求他的国和他的义，这些东西都要加给你们了"的重述。

74. **一个人不能事奉两个主。不是恶这个爱那个，就是重这个轻那个**]引自《马太福音》(6:24)。见前面的"在复活主日之后的第十五个星期日的福音"。

75. **常常谈论关于非此即彼……"不存在非此即彼"**]也许是指1830年代末在丹麦展开的关于"逻辑原则之有效性"的讨论(作为在德国哲学界的相同讨论的延续)。《非此即彼。一个生命的残片》(维克多·艾莱米塔出版，1843年)在当时被视作是晚期参与这一讨论的著作(参见社科版《非此即彼》上卷，第25-27页，下卷，第207页以及395页第37注释)。

76. 也可译作"但在这外面，在百合与飞鸟这里的沉默中"。丹麦文是"herude，i Tausheden hos Lilien og Fuglen"。

77. "除了'上帝之对立面'的情形"丹麦语原文是"undtagen ved Modsætningen til Gud"。

78. 这里的这个"决定"(Afgjørelse)是一个人对外在的人的命运或者事物的走向做出的决定，或者一个人的命运受外来的权力所做出的决定。

79. "轻率地或者沉郁地"：letsindigt eller tungsindigt。这两个词在丹麦语中直意是由"轻-心"(let-sind)和"沉重-心"(tung-sind)构成。

80. 这里没有derude(那外面)或者herude(这外面)。只是"在百合与飞鸟那里"。

81. "构成呼应关系的插入词"。这里所做的比喻用的都是一些印欧语系语法关系，按原文直译的话，是"达成进一步一致的插入词"。

82. 对立的两者：爱和恨。

83. 译者稍作了改写，如果直译应当是："正如物体在真空之中以无限的速度下落，同样，在那外面，在百合与飞鸟那里，'沉默'，那在面对上帝的庄严的沉默，以同样的方式使这对立的两者在同一个'此刻'中相互排斥地接触对方。"

84. 就是说，只有"落体"和"真空"这两者。

85. 译者改写了。按原文直译是"蔑视他"。

86. 这里，译者做了改写，直译的话应当是"要么让我们相互献身于对方，要么让我们相互蔑视"。丹麦语原文是"enten holde os til hinanden eller foragte hinanden"。

87. **创造者和维持者**]指向上帝继续创造和维护世界的教条性学说。可看马丁·路德的《小教理问答书》(*Der Kleine Katechismus*，1529)中对第一信条的解说："这就是：我相信上帝创造了我，也创造了其他受造物(……)。但这不是唯一;我也相信,他维持着所有本来会消失的事物:他喜欢有过剩,让这一生命在日常得以维持,衣服和鞋,食物和饮料,家室里的一些房间,婚偶和孩子,田野和牲畜,还有一切美好地存在的东西。"

88. **你生活、动作和存在都在他之中**]《使徒行传》(17:27—28):"要叫他们寻求神,或者可以揣摩而得,其实他离我们各人不远。我们生活、动作、存留,都在乎他。就如你们作诗的,有人说:'我们也是他所生的。'"

89. **出自他的慈悲你拥有一切**]基督教固定说法,基于《哥林多后书》(12:9),在之中保罗写道,主对他说:"他对我说:'我的恩典够你用的,因为我的能力是在人的软弱上显得完全。'所以,我更喜欢夸自己的软弱,好叫基督的能力覆庇我。"

90. 就是说,如果有一种力量,如果你可以使用这力量去强迫学习者做什么事情,那么,百合与飞鸟是不具备这种力量的。

91. 这里的这"顺从的"是形容词。就是说"教授'顺从'的导师自己也是'顺从的'"。

92. **让我们向百合与飞鸟学习:顺从**]明斯特尔(J. P. Mynster)很多次在布道之中将类似的格式作为布道主题的引言。克尔凯郭尔在《基督教讲演》(1848年)中也多次使用这一引言格式。

93. 这一句直译的话应当是"我们说过,在那外面,在百合与飞鸟那里,有着沉默",译者去掉了"在那外面"。

94. 这一句直译的话应当是"你会带着无限的强调感觉到下面这句话中的真理"。译者将"强调"改写为"专注"。

95. **你应当爱你的主上帝并且只单单侍奉他**]指向《马太福音》(4:10)之中耶稣说:"撒旦退去吧!因为经上记着说:'当拜主你的神,单要事奉他。'"以及《马可福音》(12:30):"你要尽心,尽性,尽意,尽力,爱主你的神。"

96. **愿上帝的旨意发生,如同行在天上,也行在地上**]对主祷文中句子的演绎引用。

97. **你的旨意行在地上,如同行在天上。**]出自主祷文。马太福音(6:10):"愿你的国降临。愿你的旨意行在地上,如同行在天上。"

98. **全能的**]比较阅读《巴勒的教学书》第一章"论上帝及其性质"第三段"《圣经》之中所教的关于上帝之本质和性质的内容"§3:"上帝是全能的,能够做一切他想做的事不费工夫。但他只做确定而好的事情,因为除了唯独这个之外,他不想要别的。"

99. "单个的人"是克尔凯郭尔常用词,作为"普遍"之对立面的单个的人。

100. **没有他的旨意,一只麻雀也不会掉落在地上**]随意演绎《马太福音》(10:29)中耶稣所说:"两个麻雀不是卖一分银子吗?若是你们的父不许,一个也不能掉在地上。"

101. **这音乐是"顺从中的天体运动"**]"天籁之音"是一个毕达哥拉斯学派的形而上学概念。毕达哥拉斯(公元前约580—前500年)发现音调的音程是按弦长比例产生,和谐的声音频率间隔形成简单的数值比例。在他的天体和谐理论中,他提出,太阳、月亮和行星等天体都散发着自己独特的轨道共振之音,基于它们的轨道不同而有不同的嗡嗡声。而人耳是察觉不到的这些天体的声音的,因为人已经习惯于这声音。

102. **光芒的迅速和声音更快的疾速**]关于这一句,颠倒了光速和声速的大小对比关系,但这在克尔凯郭尔时代是人们的一般理解。当然我们可以忽略物理学的意义而只关注文句。其实在当时的哲学辞典之中已经有了相反的理解,认为光速快于音速。比如说,可参见:Johann Georg Walchs, *philosophisches Lexicon*, bd. 1-2,4. udg. ved J. C. Hennings, Leipzig 1775,ktl. 863-864; bd. 2,sp. 684.

103. "示意":上帝的命令,上帝的指令。

104. "折中"也就是说,不彻底。按丹麦语直译就是:"半性"(Halvhed)。

105. 这句直译的话是"最小最小的'不顺从'在事实上会有着一个不叫做"蔑视上帝"的其它名字"。

106. 就是说,让自己的生命在"那无条件的"之中。

107. 这"可靠性"同时也是"确定性、安全和保障"的意思。

108. 也就是"不确定性、不安全性和无保障性"的意思。

109. "更确切地,我倒是应当说":"men snarere sige",按丹麦语的意思翻译应当是"但更确切地说"。因为前面有"不应当去",所以译者加上"我倒是应当"作为呼应。

110. **所罗门穿戴着其华丽盛装也不及它的美好**]见前面关于所罗门的注释。参见《马太福音》(6:29)。

111. 直译的话是"当飞鸟被这生命的严酷触摸时"。丹麦语原文是"Naar Fuglen berøres af dette Livs Ublidhed"。

112. **把必然性当德行**]丹麦有这样的成语。意思是"把必须做的事装饰成出于好心做的"。

113. **我无法做其它事情,我也无法以其它方式做这件事**]指向1521年路德在沃尔姆斯被要求以明确的话宣告他要收回自己的受教会谴责的教义时所说的话。他以这样的话来拒绝这要求:"Hier stehe ich; ich kann nicht anders, Gott helfe mir! Amen!"(我站在这里;我无法做出有所不同的行为,上帝助我,阿门!)

　　　Jf. C. F. G. Stang,*Martin Luther. Sein Leben und Wirken*,Stuttgart 1838,ktl. 790, s. 123.

114. **忍耐的上帝**]指向《罗马书》(15:5),之中保罗说:"但愿赐忍耐、安慰的神,叫你们彼此同心,效法基督耶稣。"

115. **严师**]丹麦语本是 Skolemester,意为:学校教师,学校负责人,校长;同时有着"特别严格"的意思。

116. 在丹麦语原文之中是使用丹麦不定人物代词 man,Hirsch 的德文版也是使用德语不定人物代词 man,Hong 和 Kirmmse 使用的是 one。

117. 现世是时间的,现世性亦即时间性。永恒不是时间。永恒是"非时间性"的。永恒在时间之外。永恒不是过去、现在和未来。

118. **安慰之上帝**〕在《罗马书》(15:5)中,保罗写道:"但愿赐忍耐安慰的神,叫你们彼此同心,效法基督耶稣。"

119. **一种严厉的说法**〕《约翰福音》(6:60)中耶稣在迦百农会堂里说有必要吃人子的肉,喝人子的血:"他的门徒中有好些人听见了,就说:'这话甚难,谁能听呢。'"

120. "愿你的国降临。愿你的旨意行在地上,如同行在天上。"是主祷文中的句子,《马太福音》(6:10)。

121. **不叫我们遇见试探**〕主祷文中的第七句,《马太福音》(6:13):"不叫我们遇见试探。救我们脱离凶恶。"

122. "意义模糊",有时候我也译作"模棱两可"。

123. **诱惑……作为更强者在场**〕指向《路加福音》(11:14-23)耶稣与人众的关于"靠鬼王赶鬼"的指控的对话;耶稣说(11:17-23):"便对他们说:'凡一国自相纷争,就成为荒场。凡一家自相纷争,就必败落。若撒旦自相纷争,他的国怎能站得住呢? 因为你们说我是靠着别西卜赶鬼。我若靠着别西卜赶鬼,你们的子弟赶鬼又靠着谁呢? 这样,他们就要断定你们的是非。我若靠着神的能力赶鬼,这就是神的国临到你们了。壮士披挂整齐,看守自己的住宅,他所有的都平安无事。但有一个比他更壮的来,胜过他,就夺去他所依靠的盔甲、兵器,又分了他的赃。不与我相合的,就是敌我的。不同我收聚的,就是分散的。'"

124. **他的猎物叫作"一个人的灵魂"**〕也许是指向《马太福音》(10:28),在之中耶稣对所派出的十二个门徒说:"那杀身体不能杀灵魂的,不要怕他们。惟有能把身体和灵魂都灭在地狱里的,正要怕他。"

125. **上帝不诱惑任何人**〕《雅各书》(1:13):"人被试探,不可说:'我是被神试探',因为神不能被恶试探,他也不试探人。"

126. **从凶恶之中被拯救**〕这里选择主祷文中文版中的说法,直译应当是"从'那恶的'之中被拯救"。主祷文,《马太福音》(6:13):"救我们脱离凶恶。"

127. 无辜性,丹麦语是 Uskyldighed,意为:无辜性,无邪。无罪;无害;单纯;天真无邪;无知。

128. **他说平安无虞**〕指向《帖撒罗尼迦前书》(5:3),保罗写道:"人正说平安稳妥的时候,灾祸忽然临到他们,如同产难临到怀胎的妇人一样;他们绝不能逃脱。"

129. 这一句在丹麦语原文之中使用的从句引导词是"在……的时候",直译应当是"在一个人忘记了他所处的这巨大危险时(请注意,这是一种危险,它具有这样的特点,'试图忘记它'实在不是对付它的有效手段),在这人忘记了他处在这巨大危险中时,在他认为他没有处于危险时,甚至在他说平安无虞时,这时,福音的话语在他看来必定就是一种痴愚的夸张。"

130. 罪，丹麦语是 Synd。宗教意义上的罪。

131. **人的罪骚扰了整个世界的美丽**〕指向《创世记》第三章中的"罪的堕落"的故事。夏娃受蛇诱惑而吃苹果。

132. **这美丽之中一切是那么非凡地好**〕《创世记》(1:31)："神看着一切所造的都甚好。"

133. **"你们看那天上的飞鸟，也不种，也不收，也不积蓄在仓里"——不为明天的日子操心。"野地的草今天还在"**〕标题的文字引自《马太福音》(6:26 和 30)。见前面的"在复活主日之后的第十五个星期日的福音"。如果不使用中文版《圣经》，直接译自丹麦文为："看天上的飞鸟；它们不播种不收割不储存"——不为明天的日子操心。"观察那原野上的草，——它在今天。"

134. **总是……快乐的**〕在《帖撒罗尼迦前书》(5:16)中保罗写道："要常常喜乐。"

135. **"是这样"**，就是说，"总是快乐的"。

136. 这里的"这是"是译者加的。按克尔凯郭尔的行文习惯，总是"怎样的一种快乐啊!"后面的感叹也是如此。

137. 在丹麦这种夏天日长夜短和冬天日短夜长的区别很明显。虽然在丹麦没有白夜，但夏天有时候只有差不多两三小时的黑夜。

138. **"后天获取的"**就是说，不是"先天原有的"。

139. 这个"在"(er)，有时译作"存在"，它也是现在时联系动词"是"，如同英文的现在时态的"存在"和"是"(is)。

140. 按原文直译是"明天这一天"。但后面的"后天"则只是"后天"而不是"后天这一天"。后面带双引号的"明天"和"今天"按原文直译都是"明天这一天"和"今天这一天"。

141. **上帝是至福，那永恒地说"今天"的他**〕也许是指《希伯来书》(4:7)："所以过了多年，就在大卫的书上，又限定一日，如以上所引的说，你们今日若听他的话，就不可硬着心。"也可比较阅读《希伯来书》(3:7、13、15)，以及《路加福音》(23:43)。

142. 按原文严格直译应当是"一个单个的明天"。丹麦语原文是"et enkelt Imorgen"。

143. **忧虑'昨天'，忧虑他已经吃了的——而没有付了钱的**〕1848 年 5 月 17 日的日记中，在对文稿的页边注释(NB4:154.b)中克尔凯郭尔写道："在这里可以考虑一下 Zeuthen 一星期前在一封信中(我在回信中的一个随意的提示之中查了一下并想要考虑的)的:'也有着对昨天的忧虑，忧虑他已经吃了的——而没有付了钱的'。就是说，麻烦是在于要使得今天这一天毫无预设前提"(SKS，第 20 卷，第 358 页)。

  在阅读了《基督教讲演》(1848 年)的"异教徒的忧虑"的第一个讲演"贫困之忧虑"之后，教区牧师 F. L. B. Zeuthen 在 1848 年 5 月 11 日给克尔凯郭尔的一封信中写道："对于明天的贫困之忧虑无疑没有任何人能够写得像您这么具有陶冶性，但是，也还有着昨天的贫困之忧虑，不是对于一个人将吃一些什么的忧虑,而是对于一个人'他已经吃了的——而没有付了钱的东西'的忧虑。这一忧虑是对尚未偿还的债务的忧虑,不仅仅是对于那要求的人,而且也是,并且尤其是对于那沉默但自己有着需要的人,这一贫困之忧虑是最艰难的一种,并且我希望您什么时候愿意写一些关于这方面的真正的陶冶的东西。在这一忧虑之中可以有太多真实而高贵的东西,以至于它不能够就简单地被视作是异教徒们的忧虑,而一个基督徒也能够(尽管不怎么能够通过任何直接用于忧愁的想法来战胜)在祈祷之中也能够战胜这一忧虑"(*B&A*,nr. 174,bd. 1,s. 192.)。在一封没注日期的信中克尔凯郭尔回答说:"感谢关于昨天的说明。让我在今天感谢您,我会在明天记得它。看这样一来,您为我生成了一个对明天的忧虑!"(*B&A*,nr. 175,bd. 1,s. 193.)

144. "让自己是快乐本身"是译者的改写,原文直译是"是快乐"。

145. 这里丹麦语不定人物代词 man,Hirsch 的德文版也是使用德语不定人物代词 man,Hong 和 Kirmmse 使用的是 one。译者在这里的选择是将之译作"我们"。

146. **天地万物……违背自己意愿地处在这生灭流转的统治下**〕指向《罗马书》(8:20-22):"因为受造之物服在虚空之下,不是自己愿意,乃是因那叫他如此的。但受造之物仍然指望脱离败坏的辖制,得享神儿女自由的荣耀。我们知道一切受造之物,一同叹息劳苦,直到如今。"

147. "那位置最稳固的",按原文直译是"那坐得最稳固的"。

148. **星辰……易位**〕指向《马太福音》(24:1-31),耶稣讲述世界末日景象,其中说道(24:29):"那些日子的灾难一过去,日头就变黑了,月亮也不放光,众星要从天上坠落,天势都要震动。"

149. **变换,如同人们变换外衣**〕指向《诗篇》(102:25-26):"你起初立了地的根基。天也是你手所造的。天地都要灭没,你却要长存。天地都要如外衣渐渐旧了。你要将天地如里衣更换,天地就改变了。"

150. **被投入火炉**〕指向《马太福音》(6:30)。

151. **它还是不得不凋谢**〕也许是演绎《彼得前书》(1:24):"因为凡有血气的,尽都如草,他的美荣,都像草上的花。草必枯干,花必凋谢。"也比较《雅各书》(1:11)。

152. **生灭流转**〕演绎《传道书》(1:2):"传道者说,虚空的虚空,虚空的虚空。凡事都是虚空。"

153. **使徒保罗有一句话**〕在这里,文稿版(SKS)是"et Ord af Apostelen Paulus"(使徒保罗有一句话),但《著作集》第三版(SV3)是"Der er et Ord af Apostelen Petrus"(使徒彼得有一句话)。译者在向克尔凯郭尔研究中心卡布伦先生请教了之后得知,《著作集》第三版(SV3)之中的"彼得",不是克尔凯郭尔文稿上的原文,而是该版本的编者改的(因为编者认为应当对克尔凯郭尔笔误的地方做出纠正)。而文稿版(SKS)则尊重克尔凯郭尔原稿,所以又改回成保罗。译者采用文稿版(SKS),因而在这里作一下说明,这个"保罗"是克尔凯郭尔文稿中的一个笔误,按理应当是"彼得"。

其实克尔凯郭尔在出版了这讲演之后也发现了自己的笔误。在其可能写于 1849 年 6 月份的日记(NB11:168)之中,他写道:"相当奇怪,我在'三个与上帝有关的讲演'之中把彼得所说的话说成是保罗的'把你们的所有悲伤扔给上帝'"(SKS,第 22 卷,第 99 页)。

在克尔凯郭尔时代,人们一般都认为十二门徒中的彼得是《彼得前书》和《彼得后书》的作者。

使徒保罗:在最老的基督教之中意义最重大的人物形象,约在公元 65 年被处死。《新约》之中十三封书信是以保罗的名字交出的。在克尔凯郭尔时代一般人们把这些书信都视作是真的;今天人们只认为七封或者九封是真实的,其中包括《罗马书》、《加拉太书》和《哥林多的前后书》。在《罗马书》(1:1)中,保罗理解自己为"耶稣基督的仆人保罗,奉召为使徒,特派传神的福音。"

154. 完全的直译应当是"必须要有无条件的简单"。

155. **把你们的所有悲伤扔给上帝**]《彼得前书》(5:7):"你们要将一切的忧虑卸给神,因为他顾念你们。"

156. **柔顺之技艺**]也许是指向在 1847 年的《不同精神中的陶冶性的讲演》第三部分的"痛苦之福音。基督教的讲演"第二个讲演"在痛苦是如此之重的时候,负担却是多么轻松"之中的一个段落,其主题是"我的负担轻松",其开首的句子就是:"就是说,除了是轻松地挑起沉重的负担之外,柔顺又能够是什么别的? 正如烦躁和郁闷就是沉重地承受轻松的负担。"

157. 这里用到"强力"这个词,这意味了一种"强势的强行",丹麦语 Magt,直译可以译作"权力"。

158. 丹麦语 Adspredelse,有消遣、分散注意力、转移、注意力转向和散射的意思。

159. **使徒**]指保罗。按《著作集》第三版(SV3)则是彼得(见前面关于"**使徒保罗有一句话**"的注释)。

160. **上帝关爱着你**]也就是说,"上帝顾念着你"。《彼得前书》(5:7):"你们要将一切的忧虑卸给神,因为他顾念你们。"

161. 这里译者稍作改写,按原文直译应当是"因为,'社会关系',恰恰这社会关系是这不幸——'人是唯一的以那关于社交和社交之福佑的不幸幻觉来烦扰自己和他人的生物,而一个人的社交圈范围越大,他为自己和这社交圈带来的败坏就越大'。"

162. **所有真正的祷告的样本**]指向《马太福音》(6:7-9),在之中耶稣说:"你们祷告,不可像外邦人,用许多重复话。他们以为话多了必蒙垂听。你们不可效法他们。因为你们没有祈求以先,你们所需用的,你们的父早已知道了。所以,你们祷告要这样说:'我们在天上的父,愿人都尊你的名为圣。'"

163. **国度,权柄,荣耀,全是你的**]主祷词结尾处的赞词,《马太福音》(6:13)。

164. 按照中文和合本,这"在永恒中"是"直到永远"。丹麦文《马太福音》的这一句直译则是"在永恒中",同时也有"永恒地"的意义。

165. **就在今天，你在天堂里**〕克尔凯郭尔改动地使用了耶稣对同钉十字架的犯人说的话。《路加福音》(23:43)："耶稣对他说：'我实在告诉你，今日你要同我在乐园里了。'"这里，克尔凯郭尔把将来时的"你要……在"改成现在时的"你在"。

166. **居留在上帝之中**〕也许是演绎《约翰一书》(3:24)："遵守神命令的，就住在神里面。神也住在他里面。我们所以知道神住在我们里面，是因他所赐给我们的圣灵。"《约翰一书》(4:15)："凡认耶稣为神儿子的，神就住在他里面。"《约翰一书》(4:16)："神爱我们的心，我们也知道也信。神就是爱。住在爱里面的，就住在神里面，神也住在他里面。"

167. **七十年**〕按照传统的理解，人一般活到七十岁。《诗篇》(90:10)："我们一生的年日是七十岁。若是强壮可到八十岁。但其中所矜夸的，不过是劳苦愁烦。转眼成空，我们便如飞而去。"

168. **如果你居留上帝之中……就在今天在天堂里**〕也许指向《罗马书》(14:7-9)，在之中保罗写道："我们没有一个人为自己活，也没有一个人为自己死。我们若活着，是为主而活。若死了，是为主而死。所以我们或活或死，总是主的人。因此基督死了，又活了，为要作死人并活人的主。"也可对照《约翰福音》(11:25-26)。

169. 这个"快乐"是名词。它们不仅仅是快乐的，而且它们就是快乐本身。

170. **国度，权柄，荣耀，全是你的，直到永远，阿们**〕见上一页的注释。

# 附　言

# 引　言

如果我们在这里所谈的是一篇将要被宣讲的讲演，那么，在通常，引言起到的会是拖延的作用。这时，我们当然已经召集了听众，而听众们所在的地点也已经对他们产生作用，令他们全神贯注；因此，直接进入所谈的话题就是一种艺术。相反，如果我们在这里所谈的是一篇让人阅读的讲演文本，这引言反倒就很重要了，因为，在这样的情况下，读者们进入这文本，满眼各种不同的观念，因此，这引言就有点像是这样的一个地方，比如说可以让读者换一下衣服，从而变得能理解主题。因此，一篇让人阅读的讲演文本的引言应当是有吸引力、能打动人并且令人觉得有趣，这样，读者的注意力就被捕捉住了。

在 1847 年 10 月的日记之中，克尔凯郭尔差不多就是这样写的，我是随意引用和阐释一下。[1] 在他 1849 年出版的《原野里的百合与天空中的飞鸟——三个与上帝有关的讲演》之中，他实践了他所表述的这种观点。

他以一段引言开始他的第一篇讲演，这引言以丹麦语的"你"[2] 来直接对读者说："然而，也许你用'诗人'的话说，并且在诗人这么说的时候，这说法恰恰是投合了你的心意"。在第二篇讲演中所用的称呼是"我的听者"。克尔凯郭尔称自己的理想读者为"听者"，因为他是把理想读者想成是朗读者[3]，并且以这样一种方式从"作为读者"过渡到"作为听者"。当然，那作为信仰之介质的，是听觉，正如保罗在给罗马会众的信中所写的："信道是从听道来的。"[4] 然而，相关于这三个讲演所要说的东西，我们则必须将保罗所写与雅各在其信中所写的东西联系起来:"只是你们要行道,不要单单听道,自己欺哄自己。因为听道而不行道的,就像人对着镜子看自己本来的面目。看见,走后,随即忘了他的相貌如何。惟有详细察看那全备使人自由之律法的,并且时常如此,这人既不是听了就忘,乃是实在行出来,就在他所行的事上必然得福。"[5]

第一个讲演的关于"诗人"的引言不仅仅只是为这讲演给出了诱人而撩心的开始,而且也为进入"原野里的百合与天空中的飞鸟"的整个文本构建了一个入口。相对于"去作一个存在着的基督徒",这是一种对"作一个写作着的诗人"的人格清点。

在 1848 年的复活节,克尔凯郭尔有了要写关于"原野里的百合与天空中的飞鸟"的新讲演的念头,"新的",是相对于 1847 年出版的《不同精神之中的陶冶讲演》的第二部分的三个讲演:"我们从原野里的百合与天空中的飞鸟那里学习什么"[6],以及 1848 年出版的《基督教讲演》的第一部分"异教徒的忧虑"[7]的七个讲演[8],当时,他在日记之中写下了这些:

# 关于百合与飞鸟的新讲演

但是,也许你说:哦,但愿我是飞鸟,比一切被大地重力吸引的东西都更轻盈,悬浮在空气之上,如此轻盈,乃至它能够让自己轻盈得可以在大海上筑巢。但愿我像一朵原野之中的花朵,等等诸如此类。这就是说,那被诗人当作至高的幸福来赞美的东西,人类的愿望努力想要回归的至高幸福,"去使它成为[9] 那应当向前的人的导师",这[10]是多么没有道理啊。

就是说，在诗歌的意义上，直接性是一个人想要回归的东西（一个人想要让童年回来，诸如此类），但是，在基督教的意义上，直接性已失去，并且它不应当**被想要**回来，而是应当被重新达到。

因而，在这些讲演中，可以展开对"介于诗歌与基督教之间的冲突"的论述。我们可以论述，以怎样的方式，在一定的意义上，与诗歌相比较（诗歌是想要着的、吸引人的、迷醉人的，能够把生命的现实转变为一种东方的梦，就像一个少女能够想要一整天躺在沙发上让自己着魔），基督教是散文——并且恰恰是永恒之诗歌。

当然，百合与飞鸟，就是说，对自然的描述，在这一次会获得更多诗意色彩的烙印，正是为了展示："那诗歌的"应当消失。因为，在诗歌真正地应当倒地而死的时候（不是作为一个心情恶劣的牧师的闲谈），它就应当穿上庄严的礼服。[11]

克尔凯郭尔在第一个讲演的引言之中多次说到的这"诗人"代表了当时的浪漫主义的生活理解和现实解读。人类失去了自己的本原性，并且因此也失去了自己进入现实的直接入口；这一失去还导致了人的内在分裂，这分裂阻碍一个人去把理想的现实与实在的现实联系起来。这一失去引发出一种对人类想要回归的"失去了的本原"的思念；但是，由于这愿望因为分裂的缘故永远都无法被实现，或者，由于这愿望无法克服分裂，它就为人类留下了一种内在的痛楚。正是这种痛苦使诗人去以迷惑引诱的方式通过对有限性进行改写来唤出这愿望——在此，诗人是一个真正的雄辩大师。以这样的方式，诗人试图在自己的创作之中通过创造对现实的模仿来提供安慰。然而，由于这一模仿是一种重新解说，那么我们就面临这样一个问题：我们到底能不能去如此主动地解说现实，乃至让现实由此而被生产出来。在这里我们就能够看见，现实抵抗着不让自己被重新解说，这样说吧，它想要让自己按其所是来被理解；因而我们无法自己创造我们所梦想的世界。因此，诗人试图通过"在自己的创作中把现实转化为可能"来拯救自己的坚定努力就被判定为失败的，因而，这安慰被揭示出是毫无作用而空幻的，在最深刻的层面上看是"无慰"——就像是抹在那无法治愈的创口上的香膏。

诗人还梦想重新成为孩子，想要回到那逝去的童年——在这里这既是对一种思念神往、也是对一种想要回到那"纯粹的、直接的无辜状态"中去的表述[12]。这梦想和这愿望反射出对"失去的乐园"的渴慕——在乐园里，一切都在完整无损的现实之中呼吸着和谐，现实是完整无损的，因为有限与无限、现世与永恒之间不存在任何分裂。但是我们看见，这梦想和这愿望是徒劳的；人不能够改变现实，不能够让自己重生。因此，对于"重生并且重新成为孩子"、"变得小孩一样地无辜、直接而快乐"的思念就继续是一种忧伤的思念，这是对现实的不幸单恋。

人处于有限之中，并且被绑定在有限之中、被绑定在有限之中的某个特定的地方，他总是在有限之中——带着所有有限之烦恼、痛苦和悲伤，而这些恰恰表明：人生活在有限之中。它[13]被称作有限（endeligheden），这就是说，它是有限的（endelig）并且有着一个终结（ende），它处于时间之变化之下，是会消失的并且终结于死亡。

因此诗人想要像一只飞鸟，轻盈如一只飞鸟，如此轻盈，以至于他能够飞往任何他想要去的地方，远离平庸劳碌的日常，远远地飞向遥远的原野，在那里他能够得免于所有可能的对这样那样事情的顾虑，在那里他能够作他自己而无须在那无数的、一会儿对这事情、一会儿对那事情的顾虑之中碎裂成残片。因此他想要像那百合，幸福地爱上自己，自由地追随自己的需要[14]、实现自己的梦想。但他无法做到这个；他被一种内在的分裂阻止，这样，他就既不能自我中心地弃绝与一切东西和所有人的联系，也不能他人中心地放开一切、为了去给予他人而舍弃一切。诗人既不能完全地逃离，也不能完全地追随的是良心，尽管他努力尝试了一切。

这是一种并不陌生的经验：有一些事情，我们觉得我们应当去做，或者有一些事情，我们觉得本该去做，或者有一些事情，我们感到应当做而没有做，并因此而感到双重的沉重——并因此而梦想另一种不同于我们所具的生活。梦想轻松而不沉重、自由而没有负担——无须"不断地必须在许许多多通常是相互冲突或者至少是相悖的要求和顾虑之间游走"。梦想让我们自己远离开那对我们已变得不现实的现实，而进入根据"我们自己的愿望"变化的现实。但问题是，这种想要根据自己的脑和心来改写现实的诗意灵性，必定终结于一个不真实而无作用的梦中[15]。

克尔凯郭尔的观点是，诗人把现实转化为可能——这"可能"的意思是：这诗人在有了理想之后并不想要设法去实现的"理想化的现实"。固然，诗人在自己天衣无缝的雄辩之中设计出各种"把全世界改造成人所能在的最幸福的地方"的最伟大的计划——但这些计划并不成为现实，它们当然成为虚构，成为想象出的现实，而这则恰恰就是"无法实现的可能"。这是"对存在的诗意态度"的根本的问题，正是它使存在变得不清醒而不严肃[16]。"那诗意的"是"那徘徊不前的"、"那踟蹰着的"、"那拖延着的"，它不变成行动。

在诗人是宗教性的诗人的时候，这问题变得尖锐化了。因为，诗意地描绘出基督教就是把它转化成可能性，并且令它远离现实，把它放置在想象之远方。这是在与基督教对着干，基督教在任何时候任何地方都是针对现实的，并且只想通过"转化为现实"被转达。[17] 正是因此，诗歌和基督教之间有着冲突，而"与诗歌相比基督教可以说是散文"，在这里被理解为对"日常生活的真正现实"的表达。正是因此，诗歌应当倒下；这里所说的不是被理解为诗意语言的诗歌——它仍可完全地被使用——，而是被理解为"诗意地存在、带着与现实的幻想之距离地存在"的诗歌。因为从基督教的角度看，诗歌是罪。克尔凯郭尔不是在这里说这话的。他是在《原野里的百合与天空中的飞鸟》之前半年所写而在之后几个月出版的《致死的疾病》中说这话的；书中很明确写了：“从基督教的角度看（无视一切审美），每一个‘诗人存在’都是罪，这罪是：以‘作诗’来代替‘存在’，以‘通过幻想去使自己与善和真发生关系’来代替‘去是善和真——亦即在存在的意义上努力追求去是善和真’。”[18]

　　我在这一关于“诗人”的简短引言上停留了很久。我这样做，是因为，按照我的解读，这一引言应当会在我内心之中引起了一种回响，这样，我就会变得留神于下面的文字；并且这一引言应当会在我这里创造出了一种感受[19]，这样，作为读者，我就能够认出我自己，能够听出，那诗人所谈的就是我，是的，那通过诗人说话的，就是我。

　　事实上，浪漫主义的诗人揭示出了人类的普遍境况：因为辜，或者——按照基督教的说法——因为罪的堕落，我们全都失去了那本原的直接性和无辜性。这一堕落，不只是在亚当和夏娃违犯上帝而被逐出乐园时的那一次发生。这一堕落发生在每一个单个的人[20]的生命里，并且，也发生在我的生命里——在我选择我自己而不选择上帝的时候；在这选择中，我让自己与上帝分离，罪就进入我的世界、我的现实，作为我的罪并且作为我的辜；因为是我，并且只有我，在我的罪中是有辜的。后果就是“那本原的直接性”的失去，“与我周围的世界，与我的同时代人们，与我自己——及与上帝的直接关系”的失去。我被分裂了。

　　辜就像一道无法穿透的玻璃墙站立在我与现实之间。我能够看见现实，但是无法触摸它，无法进入它；它变得对于我来说是不现实的。由此出现对罪的忧愁，这百合与飞鸟所不认识，但在每一个人的内心深处都有着的忧愁。固然不是每一个人都意识到这种忧愁，更不用说意识到其渊源了，但它在那里。就像在诗人那里那样，它表现在“对那失去的直接性的渴慕思念”、在“对于另一种生活的愿望”，以及在“试图改变现实的努力"之中。

　　从基督教的立场看，要被改变的——或者说要被变貌的（在"经历一次变形"的意义上）不是就其本身而言的现实，而是我和我的现实。不过，我不是想要改变我自己，而是，按照基督教，让我自己被改变、被重生——重新到直接性，到那新的直接性。

# 主祷文

　　在三篇讲演之中，百合与飞鸟是诗人的对立面。百合与飞鸟根据它们所转达的东西生活，是的，它们就是它们所转达的东西，正因此，它们能够是教师或者，如克尔凯郭尔所称的，导师[21]。只有那根据自己所转达的内容去做的人，才能够教授别人这内容。百合与飞鸟要教授我们沉默、顺从和快乐，或者说，我们要从百合与飞鸟这里学习什么是沉默，这样我们能够学习去缄默，学习什么是顺从，这样我们能够学习去顺从，并且学习什么是快乐，这样我们能够学习去让自己快乐。

　　所有这三个讲演也都谈论了祈祷，并且是对于"什么是祈祷"、"祷告怎样形成"和"祷告怎样得以表达"这些问题的沉思。既然主祷文的祈祷词全文或者它的一部分的祈祷词像一根经线一样贯穿所有这三篇讲演，并且，与"沉默、顺从和快乐"三个主题协作着，一同把这些讲演联系起来，使之成为对主祷文的沉思，那么，我就让这些祈祷词在我的这篇附言之中作为定调的元素。既然讲演中的措辞，在对这些讲演的解读之中，给出了一种回响，那么，我就也让它们在这附言之中以同样的方式来发声。

　　在克尔凯郭尔的时代，主祷文有多个不同的版本同时被使用着。一方面有国家认定的 1819 年版[22]的《新约》译本中的主祷文，一方面又有四个出现在 1830 年版的《丹麦圣殿规范书》（*Forordnet Alter—Bog for Danmark*）中的版本。[23]克尔凯郭尔似乎没有完整地用过其中任何一版的文字，而是自己创作自己形式的祈祷文字，不过其中的所有单个祈祷词都能够在上面所提及的几个版本之中的这一篇或者那一篇之中找得到。在讲演之中用到的，克尔凯郭尔利用各篇主祷文中的祈祷词重构出的主祷文是这样的：

　　在天上的，我们的父，你！愿你的名字变得神圣；愿你的国到来；愿你的意愿发生，如在天上，同样也在地上；今日给我们，我们日常的面包；免我们的辜债，如我们也免欠我们债者；不引我们入诱惑；但救我们离开邪恶。因为国度，权柄，荣耀都是你的，在永恒之中。阿门。[24]

　　在对第三句祈祷词的处理中，克尔凯郭尔谈及了一种不同的表述；他写道："如果有人以另一种方式引用圣词，它们也还是适用的：这里，在大自然之中，'上帝的意愿在地上发生如同它在天上'这一形式的主祷文很像《丹麦圣殿规范书》中用于婴儿受洗时所用的版本：'你的意愿在这里发生在地上如同它发生在天上。'"[25]

　　关于在三个与上帝有关的关于百合与飞鸟的讲演中所用的和没用的主祷文的祈祷词，克尔凯郭尔在 1849 年 4 月的日记之中这样写道：

　　在三个与上帝有关的讲演中，并没有用主祷文中的"愿你的国到来"这一句祷词，因为那样的话与主题（沉默）相关的强调就会着重地落在"愿你的名字变得神圣"上；由于在第二个讲演之中更明确地加入了"愿你的意愿发生，如同在天上，同样也在地上"，这句与这个主题（顺从）是最准确地对应的。另外，没有用"免我们的辜债，如我们也……"这一句祷词，因为，在这方面百合与飞鸟并非导师；最后，没有用"今日给我们，我们日常的面包"这一句祷词，因为这句在以前的那些讲演中得到了如此详尽的论述。[26]

这段记述的目的看来不像是要标出主祷文的那些被用到、谈及和解说的祈祷词，相反，倒是在罗列没被用到的祈祷词。这里有一个小小的校正；因为祈祷词"愿你的国到来"事实上是在第一个讲演之中被谈及的。对于两个根本没有被提及的祈祷词，则适合于加一个补充。既然我们在百合与飞鸟的关联上不可能谈论辜，更不用说谈论罪[27]——百合与飞鸟当然是没有自由的，那么，它们自然就不可能作为导师来教我们怎样去祷告说"免我们的债，如同我们免了人的债"。在第三篇讲演之中，克尔凯郭尔只是很简短地触及这个关系："只有一种悲伤，相关于这种悲伤，飞鸟与百合无法成为我们的导师；对这种悲伤，我们因而也就不在这里进行讨论：罪的悲伤。"第四句祈祷词"我们日用的饮食，今日赐给我们"，克尔凯郭尔则在《基督教讲演》的第一部分关于"异教徒的忧虑"的七篇讲演之中的第一篇里作了特别的论述[28]——在这讲演中，文本基础也是《马太福音》（6：24-34），而百合与飞鸟也同样起着导师的作用。

主祷文的第一句和第三句祈祷词，与主祷文终结的赞词一起，在这三个与上帝有关的讲演以及它们的各个主题之中是被当作一指导线索来使用的。以一种梗概的方式，我们可以按下面顺序来排列：第一个讲演："愿人都尊你的名为圣"——对应于沉默主题；第二个讲演："愿你的旨意行在地上，如同行在天上"——对应于顺从主题；第三个讲演："国度，权柄，荣耀，全是你的，直到永远"——对应于快乐主题。

## "愿人都尊你的名为圣"

主题是"沉默，或者学习去缄默"；只有在沉默之中，或者通过去缄默，人才能向上帝祷告："愿人都尊你的名为圣"。这引发出至少两个问题。首先：是什么东西阻止人去缄默，或者，是什么东西使得人要去学习变得沉默？其次：沉默意味了什么，或者，什么是沉默的意味。

那阻碍一个人去缄默的东西，是"说话"的能力。固然，"说话"是人优越于动物的地方，如果我们以希腊哲学家亚里士多德的说法为出发点，可以这样说。但是，克尔凯郭尔则强调说，这优越也是一种意义模糊的优越。它是这样一种意义上的模棱两可：说话的禀赋本身是好的，或者至少是中性的；那构成问题的，是我们对之的使用。不管我们所谈的是最精致的雄辩还是最不安宁的絮叨，如果目的是避开那本质的东西进行谈论，或者通过说话来逃离那根本的东西，那么，在这两种情形之中，这优越都是在诱使一个人去滥用这"说话"的禀赋[29]。

"想要与上帝说话"的问题则更大。每一次真正的祈祷都是以一次感恩开始的，为"上帝给予我的和为我做的"一切而感谢上帝；这就其自身而言是美而真的——如果不是因为我另有别的想法的话，比如说，在感恩之后，我在继续做祷告的时候似乎就更容易去提出所有我自己的各种愿望、需求和对未来的计划——如果我会有如此可怕的想法，要让上帝来为我实现这些东西；或者，也许我以抱怨来继续，抱怨所有上帝没有做的事情：尽管他被如此迫切地祈求去做，但他却没有去做。如果有这一类想法的话，那么，后者当然比前者更糟，因为后者是直接在指控上帝。

也有真正地祷告的人，他完全被一种特定的关系所吸引[30]，并且全身心地投入到这关系之中，乃至他不断地在自己的祷告之中向上帝展示这关系，热情地提醒上帝不要忘记这关系。但是，他的祷告越热情，他就越发现，自己的言辞失去了力量和意义，不久之后他就根本不再有什么东西可说了。"真正的祈祷者在祈祷之中斗争——并且因为上帝战胜——而战胜。"[31]这是祈祷者去学会变得沉默——并且变成是"在听着的"时发生的事情。因而，"以正确的方式祷告"不仅是缄默，而且是缄默和倾听；"祷告不是听自己说话，而是进入沉默，继续保持沉默，等待，直到祷告者听见上帝"，克尔凯郭尔如是说。

因而，作为祷告者，开始缄默，缄默到这样一种的程度，我不再听见我自己说话，这是"能够在祷告之中听见上帝说话"的一个预设前提；如果没有这前提，那么我们也就不能够谈真正的祷告了。然而，"缄默"并不是什么人直接就会的事情；它必须被学会。按克尔凯郭尔的说法，这要求"去使自己成为乌有并且在上帝面前成为乌有"。这是一种运动，他说，一种"方向必须是向后退的，以便能够走向起始的地方"的运动，而这起始的地方就是"学习去变得沉默"。换一句话说，沉默不是什么"我在一开始就是"的东西，而是某种"我应当去变得"的东西，否则的话，相关于上帝来看，我就不是在起始的地方。

问题是，为什么这个运动必须向后退才能够达到起始的地方。作为对这问题的回答的出发点，我说明一下：克尔凯郭尔没有写，"我应当消灭自己"，他所写的是，"我应当使自己成为乌有并且以这样以一种方式成为乌有"。这两者不是同一回事。消灭自己是自我毁灭，而上面所要求的不是自我毁灭。"去使自己成为乌有并且去成为乌有"就是："去达到一种自我的乌有性，不是在一般的意义上，而是在上帝面前，于是在我这里就不会有任何东西来阻碍他言说"。这一"在上帝面前"是重要的，因为这意味了，克尔凯郭尔在这里是想着他在其著作集的别的作品中称作是"无限之运动"的东西，这是一种在对"无限的和永恒的东西"的寻求中远离所有"有限和现世的东西"的运动。"首先寻求上帝的国"，克尔凯郭尔一再地让重心落在首先上。这不是——至少在最初不是——程度意义上的"高于一切其它的东西"，而是时间意义上的"先于一切其它的事情"，就是说，是开始。但是，为了能够去寻求上帝的国、寻求那无限的和那永恒的，首先，我必须往回运动去挣脱那将我捆绑在"那有限的和现世的"上的束缚。

我必须死灭。[32]这"死灭"是神秘派和虔敬派中广为人知的观念，并且在克尔凯郭尔对基督教的理解中，开始越来越占据中心的位置。死灭就是放弃，放弃每一样将我与"那有限的、现世的和世俗的"捆绑在一起的东西，完全地将自己从中解脱出来，这里也包括摆脱所有顾虑、需要和愿望，并且也放弃我那"优越禀赋"的"言说"，以至于这"言说"最后终结于"完全地哑默"。一次这样的松绑是一个过程，一个有着"向后退"的方向的过程，一个去达到零点的否定过程，一个新的开始，在这新的开始之中我使我自己变为乌有并且成为乌有[33]，就像一个空洞沉默的罐子——在上帝面前，这样，上帝能够斟入"那正定的东西"，这样，我就能够变得沉默，而他变成那说者。

以这样的方式变得——不是在普通的意义上，而是在最深刻的意义上——沉默，就是说，相对于上帝沉默，这是——克尔凯郭尔说——"对上帝之畏惧的开始"。克尔凯郭尔在自己的论证之中用了一个《圣经》的表述，这一表述在当时常常被人引用——"对上帝之畏惧是智慧之开始"，[34]在这里克尔凯郭尔反过来将之运用于沉默。他在自己的依据于《圣经》的论证之中往前更进了一步，写道，正如"对上帝之畏惧比智慧之开始更多，它就是智慧"，[35]同样，沉默比"对上帝之畏惧"之开始更多，它就是"对上帝之畏惧"。在这里，"对上帝之畏惧"第一次意味了在上帝面前/对上帝的敬畏和尊敬。在这一畏惧上帝的尊敬之中言辞丰富的祷告之语流停滞下来；祷告者变得沉默，这样上帝就能够说话，祷告者——在祈祷之中——能听上帝说话。在这里发生了一种祈祷的变化；那畏惧上帝的祈祷一下子变为是沉思与崇拜，这是"崇拜上帝"和"倾听上帝"——而不是向上帝祈求什么东西。

于是，乌有之否定运动在沉默的真挚化[36]之中没有进入其终结，它只是进入了其起始。我是从《关于阿德勒尔的书》中读出"沉默作为真挚[37]是一个运动"。这本书是克尔凯郭尔在 1846 年写的，但却从未能完整地出版；他在书中写道："沉默之理念，这整个对'沉默作为真挚性'的观想，对于每一个人来说，都是通往'那至高的'的真挚化之路"。[38]

这真挚化之路的下一程是：我在上帝面前变得完全沉默，我完全忘记我自己。我完全地忘记我自己、我自己的个体人格[39]和我自己的历史，以至于我在沉默之中忘记我自己叫什么，忘记我自己的名字，不管这名字是赢得了声望和荣誉、还是不为人所知并且毫不起眼，或者它简直就是被羞辱、被鄙视的对象,忘记它,以这样的方式忘记它:我根本就不为我自己要求什么,只为在沉默之中向上帝祷告:"愿人都尊你的名为圣"。

并且,再进一步,在这样的程度上忘记我自己:我忘记我为我的生活所做的所有计划,无论它们是庞大而全面的,抑或是小范围而有限的,忘记一切与"我为我未来的王国安排的各种项目"有关的东西,以便在沉默之中向上帝祷告:"愿你的国降临"。

另外,也在这样一种绝对的程度上忘记我自己:我忘记我自己的意愿、我的任性、我的固执、我的自负,然后完全忘记我自己想要使之发生的所有事情,以便在沉默之中向上帝祷告:"愿你的旨意行"。

如此根本的自我遗忘是——在沉默中——完全投身于上帝[40],并且这是"首先寻求上帝的国和他的正义"。然后所有别的东西被作为"附加之物"给予我。这附加之物[41]是:我不仅仅在百合与飞鸟这里学习缄默,而且还学习等待。这是沉默的正面:缄默并且倾听,缄默并且等待。

缄默并且等待。飞鸟与百合都是这么做的。它们相信,一切在其应发生时发生,它们知道,它们没有权限去知道要发生的时间,因此它们沉默,因此它们等待,耐心地,不去为将来忧虑。因此,在其沉默的等待之中,它们一直是就绪的,准备好了在那瞬间来到的时候去遭遇那瞬间,这样,它们马上就明白,那瞬间就是此刻,它们准备就绪要去使用那瞬间。

克尔凯郭尔写道,一切都依赖于"瞬间"。因而,弄明白什么是"瞬间"很重要。"瞬间"并不同一于"此刻",就仿佛"抓住此刻"和"活在此刻"是决定性的,不,绝不是,因为那只会衍生出一个由点集构成的毫无连续性的生活。在这种意义上,瞬间不是一种时间范畴,不是我们平时所说的"稍等一瞬间"、"这只需一瞬间的工夫"、"只给我一瞬间"等等说法中的"瞬间"。在这里的文本之中所用到的瞬间的概念,它有着这样的意义,它是与永恒有关系的。[42]

　　我们应当把时间想成是由诸多飞逝的"此刻"构成的持续游移的流涌，这些"此刻"作为分开的环节流逝着而无法被捕捉，更不能被阻止。在永恒触及时间的时候，或者说，在"那永恒的"进入到时间的"此刻"之流中，并且在一单个的环节[43]里令时间与永恒同在的时候，以至于这一时间环节变得孕含有意义，变成那恰当的、适合的、有利的时间点，变成kairos（希腊语：那指定的时间），变成时间之充实时，这时，瞬间就进入存在。这不是一个基督论[44]意义上的"时间之充实"，就像保罗所写："及至时候满足，神就差遣他的儿子，为女人所生，且生在律法以下，要把律法以下的人赎出来，叫我们得着儿子的名分。"[45]不，这其实是人类学意义上的对单个的人而言的"时间之充实"，可能性在之中膨胀开——这可能性是"去成为人、去成为人格的个人、去在现实中将之展开、去存在性地在生命之中实现它"的可能性。

　　我也可以将这瞬间称作"关键的转折点"意义上的"危机"，在这个点上，单个的人转向，背离自己的意愿而转向上帝的旨意[46]，并且真诚地向上帝祈祷："愿人都尊你的名为圣。愿你的国降临，愿你的旨意行！"这就是：首先寻求上帝的国。

　　这里的问题再一次是"说话"。克尔凯郭尔以其激进的方式说道：在一个人说话的时候，不管他是在与他人说话，还是在与自己说话，只要有一句话被说出来，沉默就不存在了，这个人就感觉不到瞬间——这是丧失了"时间之充实"，因为"只有在沉默之中才有瞬间"。对于大多数人，克尔凯郭尔认为，不幸就在这里：他们从来都没有感觉到瞬间，因为在他们的生活中，"那永恒的"和"那现世的"是分开的，而不是被置于一处并且被保持在一处，因为他们无法保持沉默并因此也不能够等待；相反，他们或者因为踌躇，或者因为匆忙奔走，在时间到来的时候失去了这时间。

　　百合与飞鸟作为导师能够教我去缄默，这是一回事；福音能够教我知道"'百合与飞鸟不仅仅能够是，而且也应当是导师'这件事应当是严

肃”，则是另一回事，并且这是严肃的事情。更进一步：飞鸟与百合通过缄默来让我认识到，在我在它们那里的时候，我是在上帝面前，并且提醒我，我应该在上帝面前沉默，这是一回事；福音书教导我，我应当像飞鸟与百合那样在上帝面前保持沉默，则是另一回事。每一次在我想要以“说话”来躲闪、来寻找逃避的理由、来寻找藉口的时候，福音以义务之应当——“这应当是严肃的”——来让我闭上嘴巴，——因为藉口当然就是把责任从我自己这里推托到某样其它东西上或者某个其他人身上，最后就是推到上帝身上，将之当作对他的指控，完全如亚当和夏娃在罪的堕落之后所做的事情。

“寻求上帝的国”的情形也是如此。每一次在我想到这样或者那样的事情时，如果我觉得，我首先必须学着让自己进入这事情，以求能够更好地为上帝的国而达成什么，或者，如果我认为，在我自己能够去寻求上帝的国之前，我首先必须做一些好事，展示我的慈善来使自己有资格配得上上帝的国，或者首先必须到外面去对别人讲述上帝的事情，那么，福音就马上以“首先寻求上帝的国”这句话来阻止我。

在两种情形之中，这是“福音之严厉”的表达。但当后面加上了“然后所有其他东西都要加给你们了”[47]时，这则是“福音之温和”的表达。这一严厉与温和之间的张力反映出律法与福音之间的一种无法消解的辩证关系。然而，当我在完全的沉默之中真挚地向上帝祷告说“愿人都尊你的名为圣”的时候，这关系就在祷告之中被取消了。

# “愿你的旨意行在地上，如同行在天上”

在大自然之中，情形就是如此：正如上帝的旨意行在天上，同样它也行在地上，或者说它行在地上如在天上。这不仅仅是因为上帝的创造意愿在一切之中在场、决定着一切，因而一切都是由作为创造者和维持者的上帝决定；而且，这也是因为一切都是无条件的顺从。在大自然之中的情形就如同福音所说："没有他的旨意，一只麻雀也不会掉落在地上。"[48]这不仅仅是因为上帝是全能的，而且也是因为一切都是无条件的顺从，因为这一顺从完完全全地一致于上帝的意愿。除了是上帝的意愿之外，任何别的事情都不会发生，除了上帝在地上的旨意——正如在天上的，没有其它的意愿。因而，百合与飞鸟没有意愿，或者更确切地说，在沉默之中它们除了上帝的意愿之外没有任何别的意愿。因此它们从来不会与上帝相悖地说话，永远不会与他争辩，而是一了百了无条件地顺从于他。它们是顺从，因此它们能够教授顺从。

它们不明白，也不想去明白，甚至最微不足道的不顺从，怎么会不是完全的不顺从。它们不理解也不想去理解，一个人怎么会同时顺从而又有点不顺从。对于它们，哪怕是一小点不顺从都同义于"蔑视上帝"。它们不领会也不想去领会，怎么可能事奉上帝同时又事奉别的东西和别的人，对于它们这就等于是蔑视上帝。它们知道并且只想知道一种绝对的非此即彼。对于它们不存在口间之道，没有中间方案。就像一位弓箭大师的箭总是射中靶心，它们，百合与飞鸟，如此毫无偏差地确定于击中"那无条件的"，乃至它们就在对上帝的无条件顺从之中过着它们的生活。正是这一点，使得它们是教授"顺从"的导师。

在它们对上帝的真实无伪的顺从之中，它们是如此简单，所以它们相信所有发生的一切都确定无误地是上帝的意愿，所以，除了"要么是无条件顺从地履行上帝的意愿，要么是无条件顺从地接受上帝的意愿"，此外根本就没有别的事情可做。在大自然中，在百合与飞鸟那里，一切都是"非辩证的"。

在人的世界之中事情就不是这样了。在这里没有完全绝对的顺从,相反倒是有对抗的不顺从。当然,在这里上帝也是全能的,在这里一切也都是根据他的意愿而发生,因为上帝的意愿是不变的,正如上帝自身是不变的;他不是一会儿被这种想法抓住,一会儿又被另一种想法抓住,以至于他今天想要这个而明天又想要别的。他的意愿是同样的意愿,在明天如此,正如在今天也是如此。

那么,人又怎么——不同于百合与飞鸟——会不顺从并且对抗上帝的意愿呢?这是因为,人的世界是辩证的。然而它又怎么会是如此的呢?这是因为,上帝在自己的全能之中给予了人自由之境况[49],所以人就有了自由去使用自己的意愿追随——和对抗上帝的意愿。关于这个问题,克尔凯郭尔在 1846 年日记中写得很详尽:

能够为一个存在物所做的至高的事情,高于你能使之去成为的一切东西,这事情就是使之自由。要能够做这样的事情,恰恰就需要全能的力量。这看起来很奇怪,因为恰恰是全能的力量使得事物有所依赖。但是,如果你想对全能的力量进行思考,那么你就会看见:恰恰在那之中也有着这种定性[50]——"能够重新从全能力量的表现之中以这样一种方式撤出自己:'那通过全能的力量而进入了存在的东西'恰恰因此就可以是独立的。"因此,一个人并不完全能使另一个人自由,因为那有权力的人自己被困陷在"有这权力"之中。……只有全能的力量能够在自己放任给出的同时撤回自己,而这一关系恰恰就是接受者的独立性。因此上帝的全能是他的善。因为善是完全放任给出,但是以这样一种方式:通过全能地撤回自己而使接受者变得独立。所有有限的权力创造依赖,只有全能的力量能够创造独立……它能够给予但却不放弃丝毫一丁点自己的权力,就是说,它能够创造独立。[51]

因而,在自身的善中,全能的上帝给予人类"相对于上帝的自由"和"独立于上帝的独立性",然而仍保存了自己的权力,因而那行在天上并且也以同样方式行在地上的，仍继续是他不变的意愿。现在这问题是，人类怎样去合理运用[52]这自由和这独立性——在我们的关联中，这问题就是：如果我们考虑到了，一个人可以去在沉默中向百合与飞鸟学习顺从，学习顺从地按下面这要求去做——"你应当爱你的上帝并且只事奉他"[53]，在这样的情况下，我们怎样去合理运用自由和这独立性。

在这样的一种层面上说，我确实想要爱上帝并且事奉他，只是不单独只事奉他。我不想只事奉一个主，而很愿意事奉两个或者最好是三个，我自己、我自己创造出的现实——然后还有上帝。但这样的话，我事奉的对象当然就是被分裂开了，分裂为：除了事奉上帝之外，还事奉某个别人和某样别的东西。根据福音，这是在蔑视上帝。或者说，这是不顺从地同时既要这样东西又要那样东西，——这是半心半意。只是半心半意地想要某样东西，就是既想要这东西又附加地想要某样别的东西，这在最深刻的意义上看，相对于那无条件的东西，就是不想要。相反，全心全意地想要，则是想要这——单独而唯一的东西，这是无条件地想要它，作为那绝对地唯一的东西。心灵的纯粹，就是去想要一样东西，那善的，上帝的意愿，正如在"一个场合讲演"（"在一次忏悔的场合"，《不同精神中的陶冶性的讲演》的第一部分）中所表述和阐释的。[54]

半心半意所具的三心二意的"既此又彼"对应于不顺从；全心全意所具的一心一意的"非此即彼"对应于顺从。要么你爱上帝——要么你恨上帝，按照福音，中间的东西是不存在的；非此即彼。要么事奉上帝——要么蔑视他。要么爱上帝——要么恨他。要么顺从地想要上帝的意愿——要么不顺从地不想要他的意愿。相对于上帝，不存在第三种可能性。一旦有第三样东西，一旦第三种可能性被考虑进选择，那么，选择之非此即彼就被取消了。因而，第三种选择可能性为了试图从选择外面溜过去而发明出的狡猾的虚构：要么上帝——要么没有上帝。但后果是生死攸关的。因为上帝，全能者，万物的创造者和维护者，提出要求,他必须是唯一的,绝对地唯一的,因而他不能够将自己置于一系列其它东西之间来供人选择,以希求有人也许会考虑选择他——如果是这样的话,他就失去了自己并且不再是上帝了。所以,如果我认为,我可以把上帝弄成是可供我选择的三种可能之一,那么选择就已经没有了,我失去了上帝——并且自己迷失了。

通过自己两分开的半心半意,人暴露出他误解了自己的自由和独立,以至于不是投身于上帝而是献身于自己,这就等于是选择去追随自己的意愿而不是顺从地追随上帝的意愿。或者,换一种表述:上帝在其全能之中使我自由和独立,但我滥用这给予我的自由之礼物,并且由此而把自己束缚进对我自己和我自己的意愿的依赖之中;而我在我自己的任性之中有着一种倾向去令我自己违背和对抗上帝的意愿,这是一种渊源于罪的堕落并且在对上帝之意愿的不顺从之中表述出来的倾向。我不能够全心全意地,而只能模棱两可且假装地祷告:“愿你的旨意行在地上,如同行在天上。”

但是现在百合与飞鸟几乎完全从我们的视野里消失了,这是令人觉得可惜的。因为通过观察它们,通过非常仔细地端详它们,我们能够从它们那里学习到:还有一个重要的方面[55],我们在之中误解了什么是“自由和独立于上帝”,而这是相对于“去在生活之中找到自己的位置”的。

我们如此习惯于想象我们能够自由选择我们自己在存在的什么地方驻留下来,最好是根据我们自己的意愿完全独立地,并且尽可能地不依赖于其他人,在任何情况下都完全独立于上帝地进行选择。如果这地方不适合于我,如果环境对于我是过于麻烦或者过于枯燥,如果条件过于不利或者过于不合心意,那么,我只须换一个地方,迁移到一个更吸引我,并且给予我更多可令我达成我的梦想并实现我自己的可能性的地方;这是我的自由权利。如果这地方也不是“理想的并能完全满足我的‘发展我自己’的需要的地方”,那么,我就继续到下一个地方去寻找新的挑战;尽管并非总能通过具体的迁移,我至少还是可通过梦想让自己离开，去别的、更迷人的地方，尤其是去那些其他人觉得如鱼得水并且很有发展前途的地方。以这样的方式，我所在的地方就成了一种暂时的歇脚点，一种通往那"我不知在哪里但却在梦中神往着的不确定地点"的通道空间。我的日常现实变得——就像对于"那诗人"——不现实；我既不是与我自己同时也不是与我所在的地方同时；我觉得自己不舒服，精神上僵滞，心中怀有那酝酿着妒忌的不满。

百合的情形不同。即使那指派给它的地点是绝无仅有地不幸，环境绝无仅有地荒芜，它也不抱怨。因为它相信，它站在它所站的地方，这是上帝的愿望，它不伤心，而是在自己的所有绚烂美丽之中绽开自身。它完全地是它自身，它彻底地无忧无虑。为什么？因为它对上帝无条件地顺从，克尔凯郭尔说，并且继续："只有通过无条件的顺从，一个人才能够无条件准确地达到他所应当站在的'位置'；而当一个人无条件地达到了这位置，这个人就懂得，其实'这位置是不是一个垃圾堆'这个问题是一件无条件地无足轻重的问题。"

这引发出"是否每一个人都在生活中从上帝那里获得一个被指派的位置"的问题。回答是，不，不是以这种直接的方式；这样的说法是"决定论的先定宿命"的表述，这种宿命论想要取消上帝赋予人的自由。相对于[56]上帝，存在着一种不可放弃的辩证关系；如果我们放弃这辩证关系，那么，我们要么搁浅在决定论的必然性之上，要么陷于相对论的偶然性之中。上帝有一个要给予我的位置，而我完全自由地决定我是否愿意接受它或者占有它。但是，如果我想要事先确定地知道它在哪里，那么我能确定的是无法找到它。首先是顺从，无条件地顺从。这与祈祷关联在一起："愿你的旨意行在地上，如同行在天上。"

如果我全心全意地认为那要被达成的是上帝的意愿而不是我的意愿，如果在上帝的意愿被达成的时候，我准备好了要对上帝的意愿绝对地顺从，那么我也就面对了那"是我的在生活之中的位置"的地点。决定性的是：我是否保存了对上帝的绝对顺从，然后我选择它；或者，我是否"因为它相对于我所具的确定地点显得过于不确定"而踌躇；或者，我是否因为"它并不完全符合我的梦想和愿望"而在我的寻求之中继续追逐。在前一种情形之中我到得太迟,在后一种情形中我到得太早,但在这两种情形之中,顺从都变成了有条件的,以我的意愿为条件,并且消亡于不顺从之中。奇怪的是,在我面对这地点的时候,最深刻地看,我在我内心深处是非常清楚的;可以说它在召唤着我。因此,我们也以神学的方式谈论说:那"我要去在并要去履行我的责任"的地点,是我的使命[57],——一种使命,要说明一下,它是只有我可以去——并且任何别人都不能够代我去——听见或者解说的。如果在使命呼唤的时候,我沉默并且顺从,无条件地选择这地点,那么,我就是自愿地在那我应当在的"地点"上;不是相对于各种社会和人世间的地位结构,而仅仅是在我个人与上帝的关系之中。恰恰因此,我能够在这个地点上成为我自己,进入与自己的一致,现实地成为我的全部可能。

回到百合。克尔凯郭尔设想,就在百合作为花朵要开始绽开的时候,那可想象的最不幸的事情发生在百合身上,他设想,这瞬间恰恰是如此倒霉,乃至百合在它绽放的同一时刻折了,这样,它的"进入存在"与它的"毁灭"就叠合在一起了。我们会紧张地问:百合会怎么反应,难道它会停止绽开吗? 不。它不会,它顺从地接受这事实。为什么? 因为这是上帝的意愿。因而它绽放,完全而美丽地让自己得到发展,完全不为"它的绽开就是它的毁灭"这个事实所动。无条件地顺从的百合不被"它在它绽放的同一瞬间凋谢"这个事实所打扰,在美丽之中完完全全地成为它自己。

按照克尔凯郭尔的想法,他使用这个设想自然是要让我们问我们自己,在一种类似的处境之中,一个人到底会做出什么样的反应。他几乎是不会像百合那样。他也许会因为确定了自己的毁灭而变得如此不安,以至于绝望地试图去阻止自己成为他本来可以成为的东西,因而,他不去成为自己的可能,尽管这恰恰是为他而给出的东西。他会问,这又有什么用? 这到底能够帮得上什么? 于是他就不去让自己的全部可

能性绽开,而是自作孽地让自己一瘸一拐丑陋地恰在自己的时机到来之前毁灭了,克尔凯郭尔这么说,并且重复他在第一个讲演之中也曾讲过的:只有无条件的顺从能够无条件准确地达到"瞬间"并且利用这瞬间并且,他又加上,丝毫不受下一瞬间的干扰。

按我对文本的阅读,它还包涵另一个维度,亦即,死亡,或者对死亡的绝对确定性的意识。克尔凯郭尔提出了一种处境,在这处境之中百合似乎是完全很清楚,在它绽放的同一瞬间,它会折掉并死去,这样它的进入存在与它的毁灭就叠合在了一起。这里很重要的是有必要弄清楚:"进入存在"不同于"作为植物进入存在",就是说从泥土里吐芽,相反,是"作为花进入存在",因而就是:在自己的全部可能之中绽放出来,根据其定性,在那对于它是"那瞬间"的瞬间中,在"时间之充实"中,并且在那对于它是它被指派去"那地点"的地点上。看来克尔凯郭尔在这里是把"进入存在"与"绽开"平行地并列在一起。

转换到人的世界,讲演所谈不是"作为出生的进入存在",而是"作为人进入存在",作为人格的人,在自己的完全的可能性之中作为人格成为自己:根据那"是我的定性"的东西,在那对于我来说是"那瞬间"的时刻,是"时间之充实"的时刻,在那对于我来说是"那地点"的地方,在我在生活之中的位置——在"我的存在性的持续性"的渊源之处。

现在,对于我来说决定性问题是,我是否有勇气和信心去完成"真正地成为作为人格的我自己"这个任务,这就是说:使我的全部的可能成为现实——完全不受"死亡确定可以在明天或者今夜,是的,甚至在下一瞬间发生"的打扰,因为这就是"在'想要上帝的意愿'中无条件地顺从"。无忧无虑,就仿佛明天什么都没有,只是"愿你的旨意行",就在今天。

百合与飞鸟是由福音指定了作为我们的导师的;我们正是要从它们那里学习顺从,学习对上帝的无条件的顺从。如果我们觉得以这样的方式顺从是艰难的——经验向我们展示,对于大多数人来说,这是艰难的,不管怎么说,至少对于我是这样——那么,福音会来帮助我们。

这向我们揭示出，这上帝既是那说"要么你爱我，要么你恨我；要么你投身于我，要么你蔑视我"的上帝，也是那耐心待我们的上帝。耐心待我，因而，每一次在我难以像百合与飞鸟那样地顺从的时候，是的，每一次在我三心二意的意愿夺下了对我的控制[58]，以至于我屈从于我的"不顺从于他的意愿"的倾向的时候，他忍受着我。如果上帝不是耐心之上帝，那么我就已经完了。

　　在百合与飞鸟的关联上[59]，则不需要耐心，它们当然是无条件地顺从的，所以，"上帝对于它们是父亲般的创造者和维护者"，这就已经完全足够。他对于我们人类来说，也是父亲般的创造者和维护者，但是因为我们的不顺从，所以他是耐心之上帝，否则的话，我们的不顺从对于他会是不可忍受的，克尔凯郭尔——非常有人情味地——说。

　　上帝有耐心，这不是因为他突然有了一瞬间的温和心情才有耐心。上帝不会在心境状态中变幻不定，否则的话他当然就会是不耐心之上帝而不是耐心之上帝了。那样一来他的耐心就会是可变的，而它并不是：它是不变的，完全就如同他的意愿是不变的，在其忍耐和持承之中永恒不变。这显示出，尽管上帝是不变的，他却不是无动于衷的，而是可以被打动的，被人类的不顺从打动——去耐心地忍受它，甚至在我在我对"去是不顺从的"的追求之中已经变得分裂破碎——因而也就是不顺从的时候，仍耐心地忍受我。这是一种安慰；对于我们人类是一种必须而不可或缺的安慰，因为，如果没有它，我就必定会失去希望、失去勇气，并且在我任性的不顺从之中毁灭。

　　上帝是"有耐心的与安慰之上帝"，这是"福音之温和"的表达，但这也向我们展示了，如果人类不严肃地警惕"滥用上帝的耐心"的话，人类的行为会是多么危险。如果我们这样想，"既然上帝是不变地并且无限地有耐心的，那么我们就有和平而没有危险"，并且在不顺从之中继续前行，那么，我们就是轻率地滥用了上帝的耐性并且把他弄成对乌有的安慰。这成为对我们的最严肃的[60]指控。这指控叫作：那轻率地滥用上帝的耐心和安慰的人，他不是无条件地投身于上帝；那不是无条件地投身于上帝的人,他蔑视上帝。

首先,福音向我们揭示出"上帝向我们呈示耐心",这是福音之温和。然后,它不仅仅告诉我们,我们能够向百合与飞鸟学习,而且还要求我们,我们应当去向百合与飞鸟学习、应当学习像它们无条件地顺从那样地顺从,并且学习任何人都不能事奉两个主,这是福音之严厉。

如果我们从导师这里学到了,……不,这里,在对主祷文的第三句、然后第六和第七句的决定性解说的初始处,"我们"的称呼形式要被去掉。在克尔凯郭尔看来,祈祷不是一件集体的事情,而是一种介于"那单个的人"与上帝之间的个人关系,因此,他所用的"你"的称呼形式是最击中要点而又最具覆盖性的形式。

因而:如果你在这样一种程度上向你的导师学习,以至于你能够变得无条件地顺从,这样你就学习了你应当向它们学习的东西,学习了只事奉一个主、唯独只爱他并且在所有事情之中没有任何例外地投身于他。这时,你向上帝祷告的祈祷词"愿你的旨意行在地上,如同行在天上"也通过你而得以实现。当然,这还隐含着这祈祷词无论如何都必定会实现;因为,既然上帝的意愿是不变的,那么它也就不变地发生,不依赖于你是否向百合与飞鸟学习了你应当学的东西。但是你学习了它,你就成为了上帝的工具、他的员工,这样,他就让自己的意愿通过你而发生。

在对这一解说的论证之中,克尔凯郭尔使用了另一版本的主祷文中的第三句祷告词:"愿你的意愿在地上发生,正如它是在天上"。——这句话被用在百合与飞鸟那里的大自然之中。正如在大自然之中,它也适用于人类世界:如果你,向百合与飞鸟那样,对上帝绝对顺从,那么你的意愿就全等于上帝的意愿,而他的意愿,这行在天上的意愿,因而也能够通过你而行在地上。在这里,克尔凯郭尔继续说,主祷文的第六句祷告词,在你向上帝祷告说"不叫我们遇见试探"的时候,也得到了上帝的确认。

在对这祷告词的进一步解说中,克尔凯郭尔重新回到那意义模糊的东西上，并且将之置于"那简单的"的直接对立面。百合与飞鸟是简单的，不是"天真、局限和狭窄"意义上那种简单，就像人们也许忍不住会以为的，因为它们只是百合与飞鸟，不，这在"单一、不复杂而单义"意义上的"简单"。它们不假装、不冒充、不装模作样，而是心念单一而意义单一地是它们所应当是的东西，无条件地顺从，并且，它们展示出顺从，这样，它们也是顺从地在顺从之中授课；正是因此，它们能够是导师。"那简单的"是"去做那所说的事情"。"那简单的"就是"在存在的意义上去按命令做：你应当是顺从的"；它是"同时是话语之听者又是话语之行者"。如果一个人以这样的方式是简单的，那么他就是全心全意的并且不能够欺骗，并且自己也不会被愚弄、被欺骗或者被诱惑。

"那意义模糊的"，它在"既此又彼"之中表述自己，它是那不确定的，那没有被决定的，那没有被弄清楚的，并且它的根本是在三心二意之中。"那三心二意的"，是两分的、隔绝的和分裂的，它表现在"那踌躇的"、"那摇摆的"和"那回避的"之中。三心二意的人从来就不会只想要一样东西，总是至少想要两样东西，并且最好是同时要。他想同时沿着两条路达到同一个目标。在他所说和他所做的东西之间总是有着差异。在一定的意义上，他总是想要顺从的，但却不是完全地顺从，而只是在一定的程度上顺从，因而他也就是在根本上不顺从。他很想要去行上帝的意愿，但另外又追随自己的意愿，因而他的意愿并不全等于上帝的意愿。以这样的方式，在那三心二意的人的所愿和所行上总是有着某种意义模糊的东西，因为他无法单义明确地为自己决定出什么是他想要的。在"那意义模糊的"所在之处，克尔凯郭尔说，在那里总是有着诱惑，并且诱惑是在狩猎着；但是，在那没有意义模糊的东西的地方，也就是说，在那简单者那里，在那里诱惑是无奈的，因为无物可猎。

在《圣经》的描述中，魔鬼作为诱惑者登场。按照克尔凯郭尔的说法，这诱惑却不是来自他；这诱惑渊源于"那意义模糊的"。然而，一旦一个人在其存在与生活的方式中显现出哪怕只是丝毫的"那意义模糊的"，撒旦就马上到了这个点上并且以诱惑作为其圈套；因为那意义模糊的东西使得他,那邪恶者,强大,而这人马上处在"陷入诱惑"的直接危险之中。相反,那通过"自己无条件地顺从"来藏身于上帝之中的人,则是在绝对的安全之中。固然他能够从自己的隐藏之处看见魔鬼,固然他因他所见的东西而颤栗,但魔鬼却无法看见他,因为作为无条件地顺从的人,他是单义地与上帝的意愿合一,而"那单义的"或者"那简单的"使得魔鬼盲目。因而,对于那简单的人来说,诱惑不存在,因为"上帝不诱惑任何人",克尔凯郭尔通过随意地引用《雅各书》[61]写道。而且克尔凯郭尔继续说,以这样的方式,那简单者的祷告就被听见了:"不叫我们遇见试探。"

然而简单的人既不是百合也不是飞鸟,而是一个人,这个人非常清楚地了解自己朝向"那意义模糊的"的三心二意的倾向。因此,这就是克尔凯郭尔提出的观点:对于那简单者,主祷文中的第六句"我们"形式的祷告词变成了完全个人化的"我"形式的祷告词。在这一祷告词中,那无条件地顺从的人真挚地祈祷:上帝,你保佑我不要在任何时候冒险出离我在你这里的藏身处,并且,在我仍还是令我自己有辜于一种不顺从的情况下[62],你也不要马上驱逐我出去,因为,我通过经验知道,一旦我出离了在你这里的藏身处,我马上就会被引入诱惑。并且——克尔凯郭尔解释自己的这解读——如果那简单者通过自己无条件的顺从而留在自己的藏身处,那么主祷文的第七句祷告词也就得以实现,他也就"脱离凶恶"了。

克尔凯郭尔以"不要忘记……"和"记住……"这种形式的劝告来结束自己的讲演。我们不应当忘记的是福音的权威性诫命:你应当向百合与飞鸟学习,你应当像它们一样地无条件顺从。我们应当记住的是:在罪的堕落之中,人类因为不愿意事奉一个主,亦即上帝,或者——同一个意思换一种说法,人类因为想要事奉更多个主,而曾经并且正在行罪。记住:那曾毁坏并且正在毁坏着的,正是这罪——它毁坏"整个世界的美丽,原先,在这美丽之中一切是那么非凡地好";"非凡地好",恰如旧日的《创世记》故事所说。[63]记住:那曾经并且正在"把一个一致的世界分裂开"的，正是这罪。

在论述克尔凯郭尔的文本的进程中，除了过去时动词形式，我自己还添加了现在时动词形式[64]，比如说"曾毁坏并且正在毁坏"，从而对文本进行了扩展。我这样做是为了强调克尔凯郭尔的微言大义：正如当初，在亚当（他是意味着人类）行罪的时候，罪曾进入世界，现在，在每一个人行罪的时候，罪也以同样的方式进入世界。这一点在克尔凯郭尔的下面这句终结性和决定性的句子中被表述出来——这句子被保持为现在时形式恰恰是为了表达它在任何时候都永远有效："每一项罪都是不顺从，每一种不顺从都是罪。"

## "国度，权柄，荣耀，全是你的，直到永远"

克尔凯郭尔将这主祷文的终结赞词当作第三篇亦就是最后一篇讲演的结束语。他将之称作"快乐之祷词"。并且作为崇拜性的赞词，它不仅仅构成讲演的终结，并且也是整个文本的目的地和驻足点。

为了真正能够快乐地祷告，一个人自己必须是快乐的。然而，既然许多事情指向了如下这一点——这是克尔凯郭尔不得不马上被迫承认的：要让自己"是快乐的"，不是那么容易的事情，那么，我们就应当去观察百合与飞鸟，以便向它们学习快乐——正如我们向它们学习沉默与顺从——学习变得快乐并且保持是快乐的，总是快乐。既然我们通过经验知道，快乐是会传染的，并且是以这样一种方式，最好是由那"自己是快乐"的人来转达，那么，百合与飞鸟恰恰就是合适的导师，因为在它们那里一直是有着快乐的。

克尔凯郭尔在很长的一段对"大自然中百合与飞鸟那里的快乐"的赞词之中表达了这一点。它们各自分别是快乐的，它们在一同是快乐的,它们总是快乐并且一直快乐,任何别的事情都是浪费时间,是的,每一个"不是快乐的"的瞬间对于它们都是浪费。它们总是能够找到什么,或大或小,总是足以让它们感到快乐的东西;即使那最小的东西也不会减少它们的快乐,而与那最大的东西一样地使它们快乐。就是说,快乐并不因为那招致它的东西只是一小点而变少,克尔凯郭尔这样断言,并且把那相反的看法称作是狭隘而可悲的误解。另外,克尔凯郭尔还说,如果一个人是快乐的,哪怕那令他为之快乐的事情可以被看作是全然乌有,这也会比任何别的事情都更好地证明"这个人自己就是快乐和快乐本身"。百合与飞鸟的情况就正是如此,因此它们是无条件地快乐的。

相反,有条件的快乐则不是快乐本身;它自然是依赖于不同的境况,外在的和内在的,会随着时间变化而变化的,这样,就是偶然随机的,并因此是流转不定的。因而它是以某种境况为条件的,并且因此而只能够是有条件的而不是无条件的。正是这些条件,这些"我们能够变得快乐"的条件,克尔凯郭尔强调,使我们人类有如此多麻烦和忧虑。根据我自己的经验来看,我不得不说他是对的。我经常会这么想,不是吗:只要这个那个问题解决了,这项那项任务完成了,这个那个愿望实现了,那么,我就会变得快乐,然而这时我再看,不,在这样的情况下我仍不是真正地快乐的,至多是"部分地快乐的",无论如何不是"完全地快乐",根本就不是"总一直快乐"。即使所有可设想的"变得快乐"的条件都在场,我的快乐仍然是有条件的,是相对于所有这些条件的在场;只要缺少了其中一个条件,快乐就没有了。快乐是不能够按程度度量的;正如它不能被弄成是有条件的,同样它也无法是相对的或者部分的。要么快乐在,要么快乐不在。

克尔凯郭尔回返到百合与飞鸟对"快乐"的教授,并且进入他自己的关于授课的方式与内容的问题,一方面阐述这快乐是怎样地蕴含在它们的教授之中,另一方面详细说明,它们教授的"快乐"的内容是什么。

首先,关于方式。前提是,快乐是在百合与飞鸟本身之中,它们不曾去学会这快乐，克尔凯郭尔说，它们是在最严格的意义上第一手地拥有着它，这意味着，这是某种它们在受造的时候上帝就赋予了它们的东西。作为范畴，这是它们直接和最初的本原性。百合与飞鸟不仅仅在自身之中有着快乐，而且它们就是快乐，它们自己是快乐的并且以这样的方式自己表达着它们所教授的东西。作为范畴，这是它们获得的本原性。它们的这种"获得的本原性"是它们的简单性；这简单性[65]是，如我们先前所见，去做自己所说的事情，对于那教授的人来说，它就是：他自己是他所教授的东西并且在自己的生命中表达着他所教授的东西。

　　然后，关于内容。这个内容是：有着一个"今天"，并且这个今天在，而进一步是，根本没有任何对于"明天"的日子的忧虑[66]，同样也没有对后天的忧虑。百合与飞鸟这样地"对直接的未来毫无任何忧虑"，看起来是轻率的；然而事情并非如此，克尔凯郭尔坚持说：这是"沉默与顺从之快乐"的表达，"在沉默与顺从之中有着其根本"的快乐。

　　因为，如果一个人在无条件的沉默之中缄默，那么就根本没有什么东西是可说的或者可提及的，甚至没有明天的日子可说或可提及——它是那喜欢说话的人发明出来的东西，那喜欢说话的人忍不住要滔滔不绝地谈论明天的日子到底会是怎样的。但是对于那沉默的人来说，明天不存在；因而只有今天的日子是在的。当一个人在无条件地沉默之中顺从上帝的时候，他的意愿就同一于上帝的意愿，所以，除了上帝的意愿没有任何别的意愿，并且这意愿发生，发生在今天，否则的话它就不是"不变的同一个意愿"；一个无条件地顺从的人，不可能等一下[67]再去行上帝的意愿，哪怕只是等到明天——这一天是那不顺从者发明出来的，那不顺从者总是试图把"行上帝的意愿"推迟到明天，而又从明天推迟到后天。但是对于那顺从上帝的人，明天就根本不存在；因而，那在的，就只是今天的日子。在这样的情况下，克尔凯郭尔总结说，快乐就在，正如它在百合与飞鸟那里。这样，我们直接就被引到这决定性的问题上，什么是快乐？或者，什么是"是快乐的"？

　　快乐，克尔凯郭尔说，是"'对于自己来说真实地是在场的'；但是这

'对于自己来说真实地是在场的',它就是这个'今天',这个'在今天',真正地在今天"。这意味着什么,则不是一下子就能够明白的,因此,我们必须进一步展开阐述。

这"真正地对自己来说是在场的"就是"让自己去与自己发生关系",与自己的"人格的自我"发生关系;这自我是:一个人根据自己的定性,在那瞬间之中,在时间之充实之中,所是和所成的自我。而这"对自己来说真正地在'在今天'之中是在场的",就是以这样的方式对自己来说是在场的:一个人——通过让自己去与这一"作为'自己的人格'的个人认同(identitet)"发生关系——通过"在'那具体现在的今天'之中恰恰是在自身之中"[68]来与自己是一致的(identisk)并且因此也是同时的。如果一个人不是在今天与自己同时,如果他对自己缺席并且无法让自己与自己发生关系,那么他就是不适时的,错过自己而在自己之外,对自己而言是远离的,对自己的认同(identitet)是陌生的。因而"作为一种'个人的个体人格'变得对自己在场"不是什么可以让人推迟到某个"以后的时刻"的东西,而是他必须在今天去做的事情。

克尔凯郭尔为这个定性加上了又一个本质性的成分[69],并且是通过再一次使用那更具体的"你"的称呼形式来做的:"'你在今天'越是真实,那么,在'在今天'中,你就越多地'对于你自己来说是完全地在场的',那么那不幸的'明天'对于你也就越高度地不存在。"

明天[70]之所以被称作是"那不幸的一天",也许一方面是因为它是由喜欢说话而不顺从的人(他们想要通过言说来让自己避开今天的日子)发明出来的,另一方面是因为我对它的忧虑而将我拉离"那现在在场的"并且使我在今天缺席。一旦那过去的"昨天"和那未来的"明天"被一起考虑进来,现在的"今天"就在我的视野里消失了;我就变得在"那缺席的"之中在场,而在那之中没有快乐。因为,"在'那缺席的'之中在场"同义于"在'那现在在场的'之中缺席";一个人当然只能够在"那现在时的"之中,也就是说,在那现在在场的时间之中,是现在的。

克尔凯郭尔补充说,快乐恰恰就是现在在场的时间,并且把强调落在"那现在在场的时间"上。在第一个版本中,那强调的地方不是斜体字而是在字母间加大空隙;固然所有强调都是根据时代的排版习俗来安排,但在这里,"在字母间加大空隙"给出了一种内容上的意味。"那-现-在-在-场-的-时-间"在这样一种意义上是有空隙的:它在自身之中有着空隙、空间,尤其是时间上的空隙;"那现在在场的"不同于"此刻"(这"此刻"是点状并且流逝着地完全没有时间和空间之中的广延),它有着"广-延-性"。固然,如人们所说,一个人可以生活在此刻之中,但是他无法存在于此刻之中,因为在此刻之中,他无法对于自己是现在在场的,因为这当然要求有一种广延,就像那在今天的日子之中的广延。因而,"现在在场的时间"这一表述,一方面意味了这样的时间——"这时间作为现在时是完全当场的",一方面则也意味了这样的时间——"我在这时间中是'现在在场地'在场的[71]、是完全当场的,并且我之所以如此在场,是因为我对我自己而言在'在今天'之中完全在场。"[72] 这就是"是快乐的",因为在这样的情况下就没有各种为明天这一天的忧虑[73],也没有各种对昨天这一天的焦虑。在这样的意义上,快乐是"那现在时的"。

我觉得,这引发出一个问题:如果说快乐是现在在场的时间,并且"是快乐的"就是"去是无条件地快乐",那么,我们能不能为将来的什么事情而感到快乐呢? 在我为某件将发生的事情而快乐的时候,我是在为某种"或多或少是确定的、在未来等待着的事情"而快乐。这意味着,某种对于那"我快乐地等待着将要发生的事情"的忧虑或者焦虑马上也就冒出来了。如果这样的事情不发生,那么快乐就不出场了。换一句话说,我使得快乐依赖于某种东西,因此我无法无条件地,而只能有条件地快乐,完全就像我在前面所谈的"那有条件的快乐"的情形。如果现在我快乐地期待的事情没有发生的话,那么我会为了平息失望而开始为某一件别的将在未来发生的事情而快乐;如此可以继续下去,结果就是,我处于"永远都无法变得完全地快乐"的危险之中。既然我总是期待快乐并且以这样的方式预支快乐,这样,单是基于这个原因,如果这快乐在有一天终于要来到的话,它也永远都无法变得完全,而只会是部分的。再进一步,因为我为某件将要发生的事情而快乐,所以我就已经在那里——处于"那未来的"之中了,并且以这样一种方式离开了我自己,或者——这其实是同一回事——我是在"那缺席的时间里"在场,并且因此而没有对于我自己而言是在"那现在在场的时间"里在场,而"在'那现在在场的时间'里在场"则恰是快乐。作为结果,我也不能够在今天完全地快乐;因为那现在的快乐被弄得相对地依赖于"我是不是在未来也变得快乐",因而今天的快乐也被弄成了有条件的。因此,这答案就必定是,按照克尔凯郭尔对快乐的理解,我们无法同时既在今天无条件地快乐而又为某种明天将发生的事情而感到快乐。对"明天的快乐"的期待有着一种对"今天的快乐"的忧虑性的、推迟性的和伤害性的效果,使之分裂破碎。

回到克尔凯郭尔,他继续说:"上帝是至福,这永恒地说'今天'的他[74],这在'在今天'中永远而无限地对自己在场的他。"

上帝对自己是在场的,这句话必定是意味着:他让自己与自己发生关系,他是一个人格,是一个人格的上帝[75]在"在今天"中对自己在场,这必定就意味着,他也让自己与时间发生关系,在创世过程中就已经是如此,然后在他的继续创造与维护之中也是如此。因而,上帝没有,像人们在自然神论之中所声称的,从自己的创造中退出,相反,在"让自己与他的创造物发生关系"中,在"亲身在自己的创造物这里在场,因而也在人类这里在场,也在每一个单个的人这里在场"中,他对自己是在场的。换一句话说,我们所谈的是上帝在时间之中亲自的真实在场,在最现在时的时间——今天之中。上帝永恒而无限地是如此,就是说,不是"有一天有时候是,而在其它日子不是",而是不变地不停地是现在时的,并且每一天都在"在今天"在场,就是说,永远地全在。[76]

克尔凯郭尔通过重新引入百合与飞鸟来完成这一关于"什么是快乐"的短小段落。他写道:"所以飞鸟与百合是快乐,因为它们通过'沉默'和'无条件顺从'在'在今天'中完全地对自己在场。"这一引入起到承上启下的作用,通往后面的文字,因为在后文中百合与飞鸟要重新作

为"快乐"的导师登场。

　　这样,在人要去向百合与飞鸟学习,学习在"在今天"中对自己在场(这样他就也能够成为快乐)的时候,就很容易会有一个小小的"但是",那么轻悄悄、那么狡猾地要插进来,一个逃避而拖延着的"但是"。然而,它遭到"福音的严肃"的断然拒绝:你应当向百合与飞鸟学习快乐。但现在我们人类并没有马上遵从这命令,相反我们找到其它的逃避手段。比如说,通过变得自欺欺人并且赋予我们自己如此的重要性,以至于我们无法屈尊去从百合与飞鸟那里接受教导:像它们那样简单,并且完全得免于"会因明天而烦恼"。对于我们,理性而理智的人类,事情不是这样,我们自然是不得不为"未来"而忧虑——是的,在这一点上还有"过去",所有别的做法都是不负责任的。我们当然都要去设法安排好我们明天要吃要喝的东西,设法安排好我们为了能够得到我们在昨天想要吃想要喝的一切东西而背上的债务——并且,再稍稍多吃一点、多喝一点。

　　然而,这说法却无法愚弄克尔凯郭尔;他把这说法作为打扰教学的遁词来驳斥,并且要求我们至少应当开始去向百合与飞鸟学习。因为——他补充说,差不多就是循循善诱地——几乎不会有什么人会去这样想:它们为之而快乐的东西是如此微不足道,以至于根本就不值得在之中找到快乐!

　　然后他描述,就在我们眼前,有那么不可言说之多的东西是可让人为之快乐的;他又重新以"你"的称呼形式说:你进入存在并且存在着,你"今天"得到你的日常饮食;你作为一个人进入存在,你有你的感官;阳光灿烂,季节变换,飞鸟歌唱、飞离、迁徙又飞回;森林在秋天失去绿叶为了在春天再次展示其美丽——这一切全都是为了令你喜悦使你快乐。难道这不是什么可令你为之快乐的东西吗? 克尔凯郭尔以反诘的修辞手法来问,并补充说,如果这不是可为之快乐的,那么就没有什么可为之快乐的东西了。另外,你还有着百合与飞鸟,它们存在,它们在今天,并且它们是快乐。如果你不能因看着它们而快乐并因此而变得愿意向它们学习快乐,那么这就并不是缺少能力,而是某种别的东西,甚至也许"只是状态欠佳,对此,人们不是马上就会严格地对待并且作为'不愿'乃至作为'固执'处理。"

克尔凯郭尔在这里引入了"状态欠佳",将之当作人类没有准备好去向百合与飞鸟学习快乐的原因,这看起来似乎挺奇怪的。但这其实并不奇怪,因为这应当被理解为这样一些意义上的悲哀:沉郁、精神呆滞、冷漠、一种存在意义上的相对主义——在之中一切都是无所谓的,因为现实变成了不现实并且被体验为是空无意义的。这不是因为一个人坚决地不愿意,而是因为他不愿为自己决定出"什么是他真正想要的";他有着一种分裂破碎的意念,这种意念在存在的意义上表现为三心二意。这也不是因为一个人好斗或者喜欢对抗,相反是因为他是半心半意的;他倒是很想变得快乐,只是无法真正地快乐,而只能有一定程度的快乐;这样看的话,他很愿意快乐,但却无法真正找到真正值得他去为之快乐的事物。相对于存在的这种"状态欠佳"会导向一种"无能于生活"的感觉。克尔凯郭尔知道这个,因此他试图摸索出一条出离这"状态欠佳"的途径。不是通过去指责它,而是通过不断地描述它,然后在谈别的问题的时候顺带提及它,由此希望读者突然认识到,我的问题正是出在这一点上,我是在存在的意义上状态不对头,然后就开始以另一种方式去看百合与飞鸟,把它们作为快乐之导师来看——以便从它们那里获得教益。

它们是快乐的真正导师,百合与飞鸟。然而它们也有悲伤,正如整个大自然有着悲伤,有着对"被置于生灭流转之下"的悲伤,克尔凯郭尔说,并且指向保罗所写的:"因为受造之物服在虚空之下,不是自己愿意,乃是因那叫他如此的。但受造之物仍然指望脱离败坏的辖制,得享神儿女自由的荣耀。我们知道一切受造之物,一同叹息劳苦,直到如今。"[77]一切被置于时间之下的东西,都是时间性的,并因此是可变的,并因此也就是有着生灭流转的。"处于生灭流转之下"就像是在监狱中,被关进并且束缚于那"自身就是生灭流转的"的有限性之中。

　　尽管有着这一悲伤,百合与飞鸟仍是快乐的,完完全全地快乐的。尽管明天是可怕的——可怕,因为"明天"是毁灭与死亡之确定性,这确定性打碎"快乐";尽管如此,百合与飞鸟仍是在今天无条件地快乐的。为了使快乐成为可能,它们必须以这样一种方式来把明天摆脱掉,就仿佛它不存在。这里的问题是,它们是不是能够做到,如果能,它们又怎样做到这一点呢。

　　它们是能够做到的,克尔凯郭尔说,它们通过"总是简单地去做"而做到。就是说,它们把使徒彼得的话记在心里,[78]他继续说,它们是如此简单地理解这话,以至于它们是完全逐字逐句地理解它的。这话就是:"把你们的所有悲伤扔给上帝。"[79]因为其绝对的沉默,百合与飞鸟没有开始去冥想或者讨论这个问题——如果有谁开始去那样做的话,那么最终的结果就会成为毫无意义的词句或者意义空洞的套话。因为它们的无条件顺从,它们没有一秒钟的踌躇,而是马上就去做,正如那话中所说:"扔!"并且它们把它们的所有忧虑都通过扔给上帝而从自己这里扔掉。在这同一个此刻,它们是无条件地快乐的。既然这个"此刻"是与"悲伤存在"的最初瞬间是同时的,因而在今天,它们就恰恰在今天快乐。除了它们的这一快乐之外,还有对于上帝那全能者的快乐——上帝在其全能之中无限轻松地承担着全世界和全世界的悲伤,包括百合与飞鸟的悲伤,克尔凯郭尔说。上帝就在"百合与飞鸟在今天把悲伤扔给上帝"的这同一个"此刻"里承担着百合与飞鸟的悲伤,这是"上帝与'其在时间之中的创造物'的亲自[80]在场的关系"的具体表现。

　　克尔凯郭尔将百合与飞鸟"把悲伤从自己这里扔给上帝"的灵巧性称作"一种奇妙的技艺",一种技艺,它就像"柔和之技艺"那样解决了矛盾,就是说,它使某种艰难的东西变得容易。关于"柔和之技艺",克尔凯郭尔在"痛苦之福音"的第二个讲演之中写道:"就是说,柔和除了是'轻松地承担起沉重的担子'之外又能是什么呢,正如不耐烦与烦闷是沉重地承担轻松的担子。"[81]

　　"把沉重的悲伤从自己这里扔掉"的情形也是这样：如果一个人竭尽自己所能去扔掉这悲伤，那么这里就有一种风险，他很可能在尚未把所有悲伤都从自己这里扔走之前就已经用力过度，这样，他就仍还会有一些悲伤剩下。因此，在一个人扔的时候，他应当完全放弃，这样，他就不持留任何一丁点悲伤。这就是轻松地把沉重的悲伤从自己这里扔掉。但是这样一来，这扔的目标却仍未被击中，要击中目标，他才能完全地摆脱悲伤。[82] 只有在他只把悲伤扔给上帝的时候，他才命中目标。如果他没有这样做，如果他把悲伤扔往别处，那么，这悲伤就仍会回来——而回来的时候，它则是作为更深并且更苦涩的悲伤。

　　如果把悲伤从自己这里扔掉而不是扔给上帝，那么，这就是"消遣"，克尔凯郭尔说。在这里，"消遣"既有"去寻求让自己注意力分散"的意思，又有"去让自己分散注意力"的意思。这是通常人们都知道的针对悲伤的解药。一个人会为自己找一种爱好，培养某种特别的兴趣，外出与别人在一起，出去旅行，获得一些体验，开心地玩，简言之：寻找娱乐和让自己得到娱乐。然而，这却是一帖意义模糊的药方，正如我们这些允许自己被引诱了去使用这药方的人中的大多数所经历的。各种消遣，不管它们到底是属于哪种类型，都无法去除悲伤，它们只是起着缓解作用，并且只在一段时间里起作用。如果一个人让自己消遣，悲伤确实会被压制下去或者被堵回去，然而一旦这个人不再觉得自己消遣得足够，它们就会重新出现，而这时的情形会比一开始更糟。所有经验都是这样展示的。

　　相反，克尔凯郭尔说"把一切悲伤都扔给上帝"是"聚集"。在这里"聚集"是对"聚集起心思而不是分散心思"的表述。不是"聚集在自己的悲伤周围"以孵育悲伤，而是真挚而全心全意地聚集于"毫无保留地把所有自己的悲伤都扔给上帝"这个唯一的任务。在扔的时候带着这样一种"集聚起来的全心全意"，一个人就能够毫无剩余地丢弃掉所有自己的悲伤。

克尔凯郭尔回到百合与飞鸟，要求我们去向它们学习把自己的所有悲伤都扔给上帝，就像它们一样无条件地扔掉这些悲伤，因为这样一来，我们就会变得像它们一样地无条件地快乐。无条件地快乐，他继续说，一方面是去崇拜全能的上帝，这全能的上帝在自己的全能之中如此轻松地承担起你的悲伤，就像什么都没有一样，另一方面是崇拜着地敢于去相信彼得所说的"上帝顾念着你"。固然，彼得说"你们"而不是说"你"，但用"你"是完全符合克尔凯郭尔直接把《圣经》引文用于读者的习惯的；另外，彼得的"你们"只是对应于，他在对更多人说话，而克尔凯郭尔的"你"则对应于，他在继续想着那作为"他的单个的听者"的读者。

这一无条件的快乐恰恰就是对上帝的快乐，对于他，并且在他之中，一个人恰恰总是能够无条件地快乐，克尔凯郭尔这样指出，并且因而把语调尖锐化。因为，如果我不在这一与那作为"承担我的悲伤并顾念着我的人"的上帝的关系中变得快乐的话，那么，错误就是我"不在上帝那里寻找"，而纯粹在我自己这里寻找。这错误在于：我笨拙地或者也许甚至是不情愿地把我的悲伤扔给上帝；或者在于：我自作聪明或者也许甚至是任性顽固，这种自作聪明或任性顽固[83]，恰当地说，就是不顺从。简言之，结论就是：我的错误在于我没有去像百合与飞鸟那样。这揭示出，我没有全心全意想要去从它们那里学东西，没有想要学，通过无条件的沉默与顺从，去在"为上帝而快乐"之中找到无条件的快乐。因而，这错误的责任纯粹在我。

相反，如果我从百合与飞鸟那里能够学会变得如同"它们是快乐的"一样地快乐，那么主祷词中的最后一句也将会是我心中的真理，克尔凯郭尔说。因为，在祷告完了前面那些关于"不叫我们遇见试探，救我们脱离凶恶"的祈祷词之后，在不断增加的快乐之中说出了这些祈祷词之后，在最后就根本没有什么更多可祷告的了，主祷文就终结于崇拜性的赞词："国度，权柄，荣耀，全是你的。"

在克尔凯郭尔的解说之中，他再次以"你"的称呼形式对读者说话，并且最后一次将前两个讲演之中的主题,将"沉默"和"顺从"的主题合并进来。因为国度是上帝的,你必须无条件地沉默,所以,你就不用说任何一句话,以免你的声音会引起注意,注意到你的存在,这样一来,就会打扰了敬畏之中的沉默——你通过这敬畏中的沉默来表述出:国度是他的。因为权柄是上帝的,你必须在任何事情之中和所有事情之中顺从他,顺从地接受一切,所以,你通过你无条件的顺从表述出,权柄是他的。因为荣耀是上帝的,你必须在任何你做的事情之中,并且在你承受的一切痛苦之中,给予他荣耀,所以,你通过你无条件的尊敬表述出,荣耀是他的。因而,对上帝的真正崇拜和赞颂就在"毫无例外地背离自己、无条件地让自己屈躬和无保留地投身于上帝"这一做法之中表述出来,并且也是通过这一做法来表述出来的。

我们到达了这讲演的终结,并且也达到了这个文本的终结。在这里,克尔凯郭尔把"直到永远"加入到自己对主祷文终结赞词的解说。他把这"直到永远"理解为"永恒之日",这日子通过"是永远的"而是一个永恒地持续、永无终结的日子,作为"时间之日子"的对立面——而"时间之日子",恰恰因为是时间性的,所以就是流逝的、总是有终结的日子。

永恒不是时间的一个特别形式,因为如果是的话,那么它就会是可变的而生灭流转的;它根本就不是时间,因此它没有任何"从先前到现在再到未来"的时间流程。永恒是在"一个永不终止的现在在场的'今天'"之中永远持续的在。

因此,克尔凯郭尔对自己的读者说:坚持这一点,国度和权柄和荣耀是上帝的,在永远之中,因为,在你无条件地这样做的时候,这时,你就有一个"今天",在这"今天"之中你能够永远地保持对你自己在场。

就让一切都进入毁灭吧,克尔凯郭尔继续说,现在他把视野从"那世人的层面"扩展到"那基督教的层面",因为,尽管你会死去,但死亡之危险对于是基督徒的你来说是如此地微不足道,以至于这就叫作"就在今天，你在天堂里"。[84] 这自然是指向耶稣在十字架上对盗贼说的话："今日你要同我在乐园里了。"[85] 但是，通过把将来时的"你要……在"改成现在时的"你在"，克尔凯郭尔强调了：从"现世"到"永恒"的过渡，尽管有着最大可能的距离，但这过渡却是一下子发生的。通过在前面加上"已经"[86]，他把耶稣话中的意义尖锐化了：这过渡发生得如此迅速，以至于仿佛就是根本没有任何距离的，如此迅速，以至于就在今天，你在天堂里。

　　克尔凯郭尔以明确的指向补充说：在基督教的意义上"你仍留在上帝之中"。他所指向的是一个贯穿《约翰福音》和约翰一二三书的主题，比如说可以这样表达："神就是爱。住在爱里面的，就是住在神里面，神也住在他里面。"[87] 在他的论述之中，他把这个"留在上帝之中"与保罗所说的下面这句话结合起来："我们若活着，是为主而活。若死了，是为主而死。所以我们或活或死，总是主的人。"[88] 这意味着，那留在上帝之中的人，他对自己在场地留在上帝之中，并且，不管死亡会在什么地方、什么时候以及怎样出现，他以这样的方式都不会出离上帝，因而，在他死亡的日子：他就在今天在天堂里，亦即在上帝那里。

　　我把这读作是对于这样一种意思的表述："按基督教的理解，死亡在这样一种程度上被消灭：它是'不在'并且因此而在时间和空间之中没有广延，它不在，它是被克服了的。"而作为被克服了的东西，它失去了自己的力量，它在这样的程度上失去了控制我的力量（要注意，这是基督教的理解），于是，就在我死去的同一天，是的，在我死去的时候，我就进入了永恒的生命。克尔凯郭尔向自己的读者说"你，最长的日子被赋予了你：生活于今天"；我把这"被赋予人的最长的日子"理解为一种对永恒的生命的比喻。既然我们从百合与飞鸟那里学到了，"生活在今天"是"对自己是在场的"，那么，这永恒的生命——对于那留在上帝之中的人——就是：在一个永远都是现在时的今天里对自己亲自在场地居留在上帝之中。

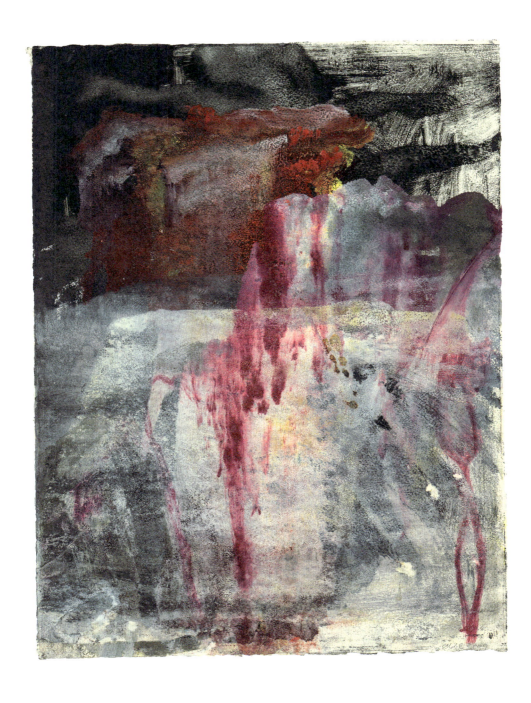

　　因此,克尔凯郭尔以一个对读者提出的"有要求的、并带着修辞反诘的问题"来结束这讲演,就像通常一样,以"你"的称呼形式。这里我允许自己把这个"你"转换为"我们",这样一来,这也就包括了我自己。难道我们不应当无条件地快乐么! 我们能够在快乐之中远远超过百合与飞鸟,因为我们有对上帝的快乐,上帝给予了我们在他的国度里永生的许诺并且他有力量去实现这许诺——永远的"今天"。我们获得了保证,每次我们做这个祷告的时候都会有这种快乐,每次我们真挚地祈告这一快乐之祷词的时候都在趋近着它:"国度,权柄,荣耀,全是你的,直到永远,阿们。"

# 出版与成文

　　1849 年 4 月 17 日,克尔凯郭尔把《原野里的百合与天空中的飞鸟——三个与上帝有关的讲演》的手稿交给了毕扬科·鲁诺斯印刷坊,这是当时设备最好的排字坊和技术领先的印刷坊。他对书的质量是很讲究的,特别是在排印的构型上;他几乎所有的书都是在这里印刷出来的。5 月 9 日,由克尔凯郭尔和他的秘书以斯莱尔·列文校读了三次的第一次印刷的 51 页的版子排好,印成并装好封面,准备送往书店。1849 年 5 月 14 日,这本书或者说小册子在《地址报》第 11 期上的广告说,是在大学书店莱兹尔出版。这一印次的印数好像是 525 本。销售价 40 斯基令。[89]

　　在副标题中,这三篇讲演被赋予了"与上帝有关"的特性。这是克尔凯郭尔第一次,并且也是唯一的一次,在自己全面的层次分明的讲演中使用这一标识。如果从 1849 年往回看,到 1846 年为止,他出版了各种"陶冶性讲演"和"场合讲演",1846 年这一年构成了他写作的转折点，这之后，他的写作特别地转向了各种被标志为"基督教的"的讲演。这样的罗列有点简化，但对于我们现在的目的来说已经足够。因而，这三篇关于百合与飞鸟的讲演不是"陶冶性的"，尽管它们在某些点上让人觉得有点类似于 1843 和 1844 年的十八篇陶冶性讲演；它们也不是"基督教的"，尽管在第三篇讲演终结处对死亡的看法被明确地称作是"基督教的"。它们是"与上帝有关"的，这意思是（不管怎么说，按我的理解来看就是这样的）它们是与"人与上帝、与'作为全能的创造者和无所不在的维护者'的上帝的关系"有关的。换一句话说，它们的目标所指不是基督论[90]的，而是创世神学的。

就像前面所说明的，在 1848 年复活节的时候，也就是在 4 月 20-24 日的这几天里，[91]克尔凯郭尔在他的日记之中简要地记下了写三个以"关于百合与飞鸟的新讲演"为标题的讲演的想法。在这个月的更早的一段时间，他正在完成《基督教讲演》的最后一些工作；《基督教讲演》是由四个分开的部分构成的一部集著，其中的第一部分"异教徒的忧虑。基督教讲演"以《马太福音》（6：24-34）为基础，并且用到了"作为导师的百合与飞鸟"。这部著作于 1848 年 4 月 13 日在毕扬科·鲁诺斯印刷坊印完，并于 4 月 25 日在书店上架。无疑，克尔凯郭尔在复活节之前已经拿到了样书，可能正是因此，他产生了灵感要写一组关于百合与飞鸟的"新的"讲演。

然而，看来克尔凯郭尔却没有继续为这个想法做任何更多事情，而是让这个想法为他正在酝酿着的其它一些更大的图书计划让路。在回顾的时候，他把 1848 年视作是自己最紧张而多产的一年。

在 2 月或者 3 月的时候，他开始了《致死的疾病》的工作，并在 5 月中旬完成了这本书。[92]但书稿却被搁置在那里，直到 1849 年 7 月 30 日，就是说，在《原野里的百合与天空中的飞鸟——三个与上帝有关的讲演》出版了两个半月之后，才得以出版。

在 1848 年夏天，他写了"来我这里，你们这些工作并且劳累负重的人们，我会给你们安息"和"那不鄙视我的人有福了"。在 1848 年 8 月，他有了写"从高处他会将一切引向他"的想法,但到 1848 年 11 月到 1849 年初,才真正实现了这想法。这三个文本在 1849 年的后半年被汇集成一本书,以《实践基督教》作为它们公共的标题,而这本书则直到 1850 年 9 月 25 日才被印成书出版。[93]

除此之外还有,克尔凯郭尔在夏秋之际写了《我的作家活动的观点》,这本书在他去世后由他的哥哥彼特·克里斯蒂安·克尔凯郭尔于 1859 年出版。另外还有"关于我的作家活动的三个'注释'"。以及一篇简短但却重要的文本"关于我的作家活动的一个'注释'"的初稿,这篇文稿在后来被作了修改并加上了标题《账目》,它构成了小册书《关于我的作家活动》之中主要部分,而《关于我的作家活动》是到了 1851 年才出版的。

1849 年 3 月,克尔凯郭尔似乎回到了关于百合与飞鸟的新讲演的想法。这时,他写得如此迅速而顺手,乃至 4 月 17 日已经能够把誊清的手稿交付排版,尽管他同时还要忙"关于我的作家活动的三个'注释'"的出版方面的事情。在多次的反复而烦恼的考虑之后,他最后还是决定了不出版这三个注释——其中的两个后来收作《我的作家活动的观点》的附录。关于这段充满痛苦的时期,他在 1849 年 4 月的日记中写了下面这些:

这是上帝所赐的幸运:我没有这样做,没有出版"注释";或者说,上帝不允许这样的事情发生。如果出版的话,不论我现在必须继续做一个作家,或者被以另一种方式置于这样的处境,都会打扰我的生活。因此,我其实是深悔那段时间——我在那段时间里乱七八糟地修补"注释",一会儿这里一句话,一会儿那里另一句话。我承受了很多痛苦,但是上帝也帮助了我去学得教训。

正是通过这件事——那关于百合与飞鸟的讲演在那段时间里形成,我最清楚地看见了,上帝在怎样的程度上是驾驭一切的,——而这正是我所需要的。赞美上帝! 不去与人们争辩,不去言说自己,我说了很多应当说的东西，它们是感动的、温和的、使人高升的。[94]

但是，克尔凯郭尔仍不能够完全地放弃"出版关于'作为作家的自己'的一些文字"的想法。尤其是在这样的背景之下：他正要去重新出版《非此即彼》。这部他作为作家写下的处女作，是在 1843 年出版的，并且引发了人们如此大的关注，乃至这本书差不多在两年之中就售罄了。那是克尔凯郭尔第一次要再版自己的书，并且因为他刚刚出版了《非此即彼》的第二版，这本启动"他的作为作家的活动"的书，所以他要去重新回顾自己作家生涯的初始。这在他那里引发出一种想要"按他自己的解读去对自己作家生涯的内在运动和结构性关联做一下公开说明"的愿望。因此他翻出了"关于我的作家活动的一个'注释'"的草稿，在 3 月份对之进行修改加工，给它了《账目》的题目，并且标上了"哥本哈根，1849 年 3 月。"对此，他在稍后 1849 年 4 月的另一篇日记之中写道：

> 对于"还是要说一句关于'我自己和我的整个作家生涯'的话"，我又做了最后一次尝试。我写了"一篇附记"，它要被称作账目，附在"讲演"的后面。在我的想象中，它是一篇杰作，但无所谓了；这是不可能的。
>
> 事情是：我带着非凡的明晰性认识到这一在作家生涯的整体性之中的无限地天才的想法。按世人的方式说现在恰就是那瞬间，现在，在《非此即彼》第二版出来的时候。这会是非常了不起的。但在这之中却有着某种不真实的东西。[95]

其中的"讲演"，克尔凯郭尔指的是《原野里的百合与天空中的飞鸟》。不过，要把《账目》作为附记加到这三篇讲演后面的想法刚一出现，就被放弃了。但是，出版《非此即彼》第二版的想法却没有被放弃。第一版在 1843 年 2 月 20 日出版，按克尔凯郭尔的解读——它有着《两个陶冶性的讲演》的伴随，后者出版于同年 3 月 16 日。[96]因此第二版也应当有讲演的伴随。我们无法知道，克尔凯郭尔什么时候想到，这伴随的讲演应当是那三篇关于百合与飞鸟的讲演；但是在 1849 年 5 月份的日记之中，他写道，这三个讲演恰恰是"决定了要伴随第二版的《非此即彼》，以便来注明那介于左手所给出的东西和右手所给出的东西之间的差异。"[97] 正如是被决定的，同样也如是被实施的：《非此即彼》与《原野里的百合与天空中的飞鸟》同一天出版，1849 年 5 月 14 日。这三个与上帝有关的讲演，按我的解读，是与假名作者 A 和他的审美内容相对的真正的配对品，而假名作者 A 的人生态度是相当地虚无主义的，尤其是其格言式的"间奏曲"和道白式的短文"最不幸的人"所表述人生态度。[98]

这双重的同时性，在 1843 年是第一版的《非此即彼》与《两个陶冶性讲演》，在 1849 年是第二版的《非此即彼》与《原野里的百合与天空中的飞鸟》，在这三篇与上帝有关的讲演的前言中很明确地反映出来。在第一行，克尔凯郭尔就立即指出这本关于百合与飞鸟的小书出现时的境况，由此暗示出，它与第二版的《非此即彼》同时出现。正是这一境况令他自己回想起"为我的最初的所写的我的最初的"[99]，亦即，回想起他为《两个陶冶性讲演》（1843 年）所写的前言，这本书"紧接在《非此即彼》之后出版"，这一句被加在这里，就仿佛是为了强调 1843 年的同时性，尽管这"紧接"显得很勉强的。

克尔凯郭尔将《两个陶冶性讲演》称作是"我最初的"，他不是为了不正确地强调这是他的第一本书[100]，而是为了正确地强调，这是他的第一本陶冶讲演集；从此就出现了一整个系列。他将这个前言称作是"为我的最初的所写的我的最初的"，他不是在这前言是在"在小册子最前面"的意义上说它是"最初"，他的意思是这是他为一本陶冶性讲演书所写的第一篇前言。所有为后来的陶冶讲演集（包括场合讲演）所写的前言，要么是模仿、要么是引用、要么是回指到这篇最初的前言。因而，它是占据了这样一个如此显著的位置，乃至它有资格被引用；这样，每一个人也很容易看出，克尔凯郭尔自己是怎样在他为这三篇与上帝有关的讲演中引用第一篇前言里的文字的。这"第一篇前言"内容如下：

尽管这本小书（它被称作是"讲演"而不是布道[101]，因为它的作者是没有**布道**的权威的[102]；它被称作是"陶冶性的讲演"而不是"用于陶冶的讲演"，因为讲演者绝对不是在要求作为**教师**）只是想是其所是，是一种多余[103]，并且只是想要继续留在隐蔽的状态之中，正如它在隐蔽之中进入存在，尽管如此，如果没有一种几乎是幻想般的希望的话，我仍不会就此与它作别。因为被出版，在比喻的意义上，它就是以某种方式开始了一场漫游，于是我就让我的目光仍追随它一段时间。这样，我看见了，它到底是怎样在一条孤独的道路上行走的，或者，是怎样孤独地走在所有人行走的康庄大道上的。在一些误解之后，因为被倏然飘过的相同性欺骗，它最终遇上了那个单个的人[104]，我带着欣喜和感恩将之[105]称作**我的读者**，那个单个的人，它所寻找的人，它就仿佛是向之[106]伸展出自己的双臂，那个单个的人，他心甘情愿，在黑暗之瞬间，不管它是欣悦而渴盼着地还是"困倦而沉思地"与他相遇，他都心甘情愿自己被找到，都心甘情愿接受它。——相反，通过被出版，它在更确实的意义上继续驻留在静止之中，不出离所在之处，这样，我就让我的目光在它之上停靠片刻。它站在那里，像一朵无足轻重的小花，在大森林的遮掩之下，既不因为自己的华丽，也不因为自己的芬芳，也不因为自己的营养成分而为人所寻。然而，我也看见，或者说是以为自己看见，那只被我称作是"**我的读者**"的鸟突然看见了它，展翅俯冲下来，摘下它，将它带回自己家。既然我看见了这个，我就不再看下去了。[107]

另外，还要说明一下，正如克尔凯郭尔将两个陶冶讲演的前言的时间注为 1843 年 5 月 5 日，他的 30 岁生日，他也将这三篇与上帝有关的讲演的前言的时间注为 1849 年 5 月 5 日，他的 36 岁生日。

最终克尔凯郭尔表达了这样的希望：这境况同时会提醒他和他的读者 1844 年的《两个陶冶性讲演》一书的前言中的这句话："它被以右手来给出"。这表述是随意的引用；在原始的关联上，克尔凯郭尔写出了自己的愿望，希望这本小书"找到它所想要找的东西：那被我带着欣悦和感恩地称作是我的读者的、以右手来接受那被以右手来给出东西的单个的人。"[108] 在这里，用于三个与上帝有关的讲演的前言之中的"它被以右手来给出"这句话意味的是，它是"那曾以左手并正以左手来被递出的假名"的对立面；这暗指《非此即彼》的第一和第二版，它以假名"出版者维克多·艾莱米塔"出版，并且第一卷的作者是假名 A 而第二卷的作者是假名 B 或者威尔海姆法官。关于后者，克尔凯郭尔在1849 年 7 月中的日记之中有提及：

　　另外，值得留意的是，在三个关于与上帝有关的讲演百合与飞鸟的前言之中会有"与那曾以左手并正以左手来被递出的假名正相反"。关联到第二版的《非此即彼》，这无疑是最好的理解，并且，考虑到新的假名，这也是有意味的。[109]

　　这里所说的"新的假名"，是指安提－克利马库斯，《致死的疾病》的假名作者，前面提到过，这本书在《原野里的百合与天空中的飞鸟》出版后的两个半月之后出版。

　　"以右手给出"的观念，克尔凯郭尔取自伊壁鸠鲁派哲学家昔兰尼的西奥多罗斯（公元前四世纪），又称无神论的西奥多罗斯。在 1843 年的 3 月或 4 月的日记之中，他这样写道："无神论的西奥多罗斯曾说：他以右手给出自己的学说，但是他的听众则以左手来接受它。"[110]

　　这是一个很说明问题的例子，我们可以看出克尔凯郭尔怎样独创性地把他在阅读之中所发现的东西运用于自己的目的。他以右手给出的东西，他的听众只以左手来接受，这句话对于西奥多罗斯来说是一种否定性的说法。克尔凯郭尔把后半句的"以左手来接受"改成"以左手来给出"。"以左手来给出"的意思是，我可以这样认为，一个人让自己与自己所给出的东西保持一种"第二手"的距离；与此对应的是那非人格的（不是"亲自"的）"递出所给的东西"。他把前面的"以右手给出"与"以右手接受"联系在一起。"以右手给出"是指（我会这么想）：一个人自己令自己去与自己所给出的东西发生第一手的关系，这样，在他给出的时候，他就同时催促自己和自己的接受者去按这东西中的要旨去做；与此对应的是提供所给出的东西。

所有一个人从另一个人那里得到的东西，都是以第二手得到的，问题是，他是否愿意以这样一种方式来接受它：他接受它并且吸收它，这样，他就第一手地拥有了它。这是"以右手来接受它"。这是读者的任务。为一个文本写一篇附言，这是为那已经阅读过了文本的读者将这文本置于第二手的距离；因而这是一件非常值得怀疑的事情。因此，我的希望是，我为《原野里的百合与天空中的飞鸟》所写的附言会促使读者重新回到这三篇"与上帝有关的"讲演，自己再重新读它们——进行第一手的阅读。如果读者这样做了，那么，我的工作就达到了目的。

## 注释

1. 克尔凯郭尔日记（NB）2:238。《克尔凯郭尔文集》（*Søren Kierkegaards Skrifter*）（简写为 SKS）第 20 卷，第 230 页。从 1846 年 3 月到 1854 年 12 月，克尔凯郭尔写了 36 本日记，他自己将之标为 NB1、NB2、NB3 直到 NB36。——原注

2. 在克尔凯郭尔的时代，丹麦语有着正式的"您"和非正式的"你"的称呼之间的区别。——原注

3. 在 1843 年的《三个陶冶性讲演》之中，克尔凯郭尔写道：这本书继续自己的行程，"直到找到它所找的东西，上面所说的那个有意愿的人，他为自己高声朗读我在沉默之中写下的东西"（SKS，第 5 卷）。还有，在 1847 年的《不同精神中的陶冶性讲演》中，他写道：这本书寻找"那个单个的人，他在自己的美好意愿之中慢慢读、反复读，并且他高声朗读——为他自己的缘故"（SKS，第 8 卷）。——原注

4.《罗马书》（10:17）。——原注

5.《雅各书》（1:22-25）。——原注

6. SKS，第 8 卷，第 255-307 页。——原注

7.《基督教讲演》一书有四个部分：第一部分的标题叫作"异教徒的忧虑"，其中有七篇讲演：I. 贫困之忧虑、II. 丰裕之忧虑、III. 卑微之忧虑、IV. 高贵之忧虑、V. 僭妄之忧虑、VI. 自扰之忧虑、VII. 犹疑、摇摆和无慰之忧虑。——原注

8. SKS，第 10 卷，第 14-98 页。——原注

9. "去使……成为"是动词不定式。这个"它"就是"那被诗人当作至高的幸福来赞美的东西，人类的愿望努力想要回归的至高幸福"。

10. 这个"这"就是前面的动词不定式短语"去使它成为那应当向前的人的导师"。

11. NB4:154，SKS，第 20 卷，第 358 页。——原注

12. 就是说"在这里这既是对一种思念神往那'纯粹的、直接的无辜状态'的表达，也是对一种想要回到那'纯粹的、直接的无辜状态'中去的表达。"就是说一种既"往"又"返"的情感，终点和起点都是"那纯粹的、直接的无辜状态"。

13. 这里的几个"它"是指前面句子（"人生活在有限之中"）中的"有限"。把这句子中的"它"取代掉就是："这'有限'被称作有限（endeligheden），这就是说，这'有限'是有限的（endelig）并且有着一个终结（ende），这'有限'被置于时间之变化之下、会消失并且终结于死亡。"

14. 按丹麦文直译应当是"被解放出去追随自己的需要"（frigjort til at følge sine egne behov）。译者参考 Kirmmse 的英译（free to pursue his own needs）做了改写。

15. 按丹麦文原文（uvilkårligt ender i en uvirkelig og uvirksom drøm）直译是"不由自主地终结于一个不真实而无作用的梦中"。

16. 按丹麦文原文直译是"它使它变得不清醒而不严肃"（Det er det

grundlæggende problem ved den poetiske holdning til tilværelsen，det，der gør den uædruelig og ualvorlig．）。这句子中的第二个"它"是通性代词，而"诗意的态度"（den poetiske holdning）和"存在"（den poetiske holdning）都是通性名词，按译者的理解，这第二个"它"是"存在"。

17. 可参看 NB12：18，1849 年 7 月，见 SKS，第 22 卷，第 154-155 页。——原注

18. 可参看社科版《畏惧与颤栗恐惧的概念致死的疾病》，第 497 页。

19. 在这里按丹麦语直译是"应当会在我这里创造出了一种感受"，就是说，省略了前面出现过的主语"这一引言"。

20. "单个的人"是克尔凯郭尔常用词，作为"普遍"之对立面的单个的人。

21. 丹麦语是 Læremesteren，这个词是由丹麦语的 Lære（学习）和 mester（师傅、大师）。我本来译作"教导师"来区别于一般意义上的"老师"，在 2018 年 2 月，我与哥本哈根大学克尔凯郭尔研究中心的卡布伦教授讨论了之后，还曾考虑使用"严师"。但是因为在《百合与飞鸟》的讲演文本中出现过一个"skolemester"，我译作"严师"来代替"校长"，所以，我仍使用"导师"来译 Læremesteren。

22. 丹麦文版《新约》(*Vor Herres og Frelsers Jesu Christi Nye Testamente*，Kbh. 1820)中的《马太福音》(6：9-13)。克尔凯郭尔的藏书中有两本。现在这两本都存放在皇家图书馆的克尔凯郭尔档案中。——原注

23. 可参看《丹麦圣殿规范书》(*Forordnet Alter-Bog for Danmark*，Kbh. 1830)，克尔凯郭尔的藏书有一本。现在存放在皇家图书馆的克尔凯郭尔档案中。——原注

24. 这里我是对克尔凯郭尔的丹麦文主祷文的直接翻译。和合本《圣经》中的主祷文为："我们在天上的父，愿人都尊你的名为圣。愿你的国降临。愿你的旨意行在地上，如同行在天上。我们日用的饮食，今日赐给我们。免我们的债，如同我们免了人的债。不叫我们遇见试探，救我们脱离凶恶，因为国度，权柄，荣耀，全是你的，直到永远，阿们。"在一般文字中，译者都使用和合本的祷告词，而不使用从丹麦语直接翻译的祷告词。

25. 可参看《丹麦圣殿规范书》，第 246 页。

26. NB10：171，SKS，第 21 卷，第 341 页。——原注

27. 我们不能说百合与飞鸟有辜或者有罪，但也不能谈论无辜或者无罪，因为"罪"与"辜"的概念与百合飞鸟根本无关。

28. 见 SKS，第 10 卷，第 25-34 页。主祷文的第四句祷告词也被用在《基督教讲演》第一部分"异教徒的忧虑"的第二和第六讲演之中，以及第二部分的"痛苦之斗争中的各种心境"的第一个讲演之中（第 43 页、第 84 页以及 115-116 页）。

29. 按丹麦文直译应当是"去滥用这'说话'"。译者按意译，译作"去滥用这'说话'的禀赋"。

30. 丹麦文是 opslugt（按字面直译是"被吞噬"）。

31. 这是 1844 年的《四个陶冶性讲演》的最后一篇讲演的主题。

32. **死灭（afdøe）**〕"死灭"（afdøe）——"弃世而死"，是虔敬派（英语：Pietism，也译作"虔敬主义"或"敬虔主义"）神学和默祷文学中常用的表述，参看约翰·阿尔恩特（Johann Arndt）的《四书论真实基督教》（*Fire Bøger om den sande Christendom. Paa ny oversatte efter den ved Sintenis foranstaltede tydske Udgave*，Kristiania 1829［ty. 1610］，ktl. 277）第一卷，第十二观："一个基督徒必须死灭出自己心中的欲乐和世界，并且活在基督之中"，以及第十三观："出自对基督的爱，为了永恒荣耀的缘故（我们就是为这永恒荣耀而被创造和拯救的），我们必须死灭出我们自己和世界。"

　　在《致死的疾病》之中的注释："弃世而死"，是保罗的一个中心想法，人类通过基督而从"罪"中死脱出来。参看《罗马书》（6:2-3）："我们在罪上死了的人，岂可仍在罪中活着呢。岂不知我们这受洗归入基督耶稣的人，是受洗归入他的死么。"也参看《彼得前书》（2:24）："他被挂在木头上亲身担当了我们的罪，使我们既然在罪上死，就得以在义上活。"这一想法以这样一种方式在虔敬教派那里得到强化：人的生命是每天从"罪"、从现世性、从有限性以及从自我否定的世界中的死亡出离，这样着重点就从"人类通过基督而从'罪'中死脱出来"转移到了"人也应当通过信仰而从'罪'中死脱出来"（社科版《畏惧与颤栗恐惧的概念致死的疾病》从第 414 页注释 13）。

33. 就是说："主体的我"使得"客体的我"变成乌有，并且"主体的我"自己也变成乌有。

34.《诗篇》（111:10）："敬畏耶和华是智慧的开端。"——原注

35. 指向《约伯记》（28:28）："他对人说，敬畏主就是智慧。远离恶便是聪明。"也可参看《西拉书》（1:25；19:20 和 21:11）。——原注

36. "真挚化"，丹麦语是 Inderliggørelsen，也可译作"内在化"。

37. Inderlighed，在这里我译作真挚，在克尔凯郭尔的其他著作中，有时候我也将之译作"真挚性"或"内在性"。在这里，对"内在"、"内向"的意义也必须被考虑进去。

38. 来源于丹麦文版《克尔凯郭尔文稿》（*Søren Kierkegaards Papirer*，udg. af P. A Heiberg，V. Kuhr og E. Torsting，bd. I-XI，Kbh. 1909-48（2. forøgede udg. ved N. Thulstrup，bd. I-XIII，Kbh. 1968-70）；bd. VII 2 B 235，s. 153. Se også Gregor Malantschuk *Nøglebegreber i Søren Kierkegaards tænkning*，udg. af Grethe Kjær og Paul Müller，Kbh. 1993，s. 180. ）——原注

39. Individualitet，译者在所有克尔凯郭尔著作的翻译中都统一地将之译作"个体人格"。

40. 这个"完全投身于上帝"是一个名词性的短语，直译的话是"向上帝的完全的投身"。

41. **附加之物**〕见《马太福音》（6:33）："你们要先求他的国和他的义，这些东西都

要加给你们了。"

42. 可与假名作者维吉利乌斯·豪夫尼恩希斯所著《恐惧的概念》的第三章引言部分相比较(社科版《畏惧与颤栗恐惧的概念致死的疾病》,第275-286页)。另可参看马兰楚克所著《索伦·克尔凯郭尔思想中的关键概念》(Gregor Malantschuk, *Nøglebegreber i Søren Kierkegaards tænkning*, s. 215-216)。——原注

43. 丹麦语 moment,在这里当理解作德国唯心主义哲学的"环节"概念,而不是理解作"一刻"或者"即刻"。

44. 亦即基督研究学,专门研究基督,而不是专门研究耶和华上帝。

45. 出自《加拉太书》(4:4-5)。这里"时候满足"就是"时间之充实"。——原注

46. 在丹麦语和英语中"(人的)意愿"和"(上帝的)旨意"是同一个词。

47. 见《马太福音》(6:33):"你们要先求他的国和他的义,这些东西都要加给你们了。"

48. 没有他的旨意,一只麻雀也不会掉落在地上] 对《马太福音》(10:29)的随意引用,在其中耶稣说:"两个麻雀不是卖一分银子吗?若是你们的父不许,一个也不能掉在地上。"

49. 按原文直译是"上帝在自己的全能之中将人置于了自由之中"。

50. Bestemmelse,丹麦语"定性",——"决定出了性质"。

51. 克尔凯郭尔日记:NB:69,SKS,第20卷,第57-58页。——原注

52. 这个"合理运用"是译者的改写,直译应当是"管理"(forvalter)。

53. 这是克尔凯郭尔从《圣经》的各个部分组合出的表述。部分地来自《马太福音》(22:37),其中耶稣说"你要尽心,尽性,尽意,爱主你的神",部分地来自《马太福音》(4:10),其中耶稣说:"因为经上记着说,当拜主你的神,单要事奉他。"——原注

54. SKS,第8卷,第118-250页。——原注

55. 这里的"方面"是译者的改写。丹麦文原文是 område(区域、领域,范围)。

56. 丹麦语"i forhold til"(相对于),既有"相关联……"的意思,又有"与……相对比"的意思。

57. 使命,丹麦语是 kald。丹麦语 kald 包含有多种意义,可以翻译为"职业",也可以翻译为"召唤"、"愿望"、"欲望"和"对某项工作的爱好或使命感"。在这里所用的这个词义的背后,以及在后面所展开的对"kald"的基于伦理的理解中有着路德的得到了目的论的论述的 Beruf(天职、职业、使命)思想。

58. 丹麦语原文是 tager magten fra mig(直译是"从我这里夺走权力")。

59. "在……的关联上"。丹麦语是"i forhold til"(相对于),既有"相关联……"的意思,又有"与……相对比"的意思。

60. "最严肃的"有着"最严重的"和"最认真的"的意思,但不是"最严厉的"。

61. 《雅各书》(1:13):"人被试探,不可说:'我是被神试探。'因为神不能被恶试探,他也不试探人。"所谓"随意引用",就是说不是准确按原文逐字逐句地引

用。——原注

62. 就是说,在我仍还是使我自己在一种"不顺从"的行为之中是一个肇事者的情况下,或者说,在我仍还是使我自己在一种"不顺从"的行为之中是有责任的情况下,亦即,在我"咎由自取"的情况下。

63. 《创世记》(1:31):"神看着一切所造的都甚好。"

64. 就是说,现在时的形式是克尔凯郭尔文本之中本来没有的,是作者自己添加的。

65. 这里按原文直译应当是"那简单的":"它们的这种'获得的本原性'是它们的简单性;'那简单的'是,如我们先前所见……"

66. "忧虑"这个概念是克尔凯郭尔的一个比较重要的概念。他在《基督教讲演》的第一部分(标题是"异教徒的忧虑"),对各种不同形式的异教徒的忧虑进行了讨论。

67. 这里的"等"有着"拖沓"的意思,就是说"不马上去做"。

68. "在'那具体现在的今天'之中恰恰是在自身之中",就是说:我恰恰在今天(这今天是"具体地现在的")做到"我是在我自身之中"。

69. 按丹麦语(en væsentlig brik)直译应当是"一颗本质性的棋子",是一种成语运用,就有点像中文是"走了关键的一步棋"。

70. 这里译者做了简化。按原文直译是"明天这一天"而不是简单的"明天"。译者在不少地方做了这样的简化。但是有些地方则仍保留了对"明天这一天"的直译。

71. "现在在场地在场",就是说:现在在场地(而不是心不在焉地,也不是想着昨天或者明天地)在那里。

72. "我在这时间中是'现在在场地'在场的、是完全当场的,并且我之所以如此在场,是因为我对我自己而言'在今天'之中完全在场",是译者稍作了改写之后的文字,如果直译的话,这个分句就是:我在这时间中是现在在场地在场的、是完全当场的,并且我是通过"对我自己而言在'在今天'之中完全在场"而如此的。

73. "忧虑"这个概念是克尔凯郭尔的一个比较重要的概念。

74. 也许是指《希伯来书》(4:7):"所以过了多年,就在大卫的书上,又限定一日,如以上所引的说:'你们今日若听他的话,就不可硬着心。'"也可比较阅读《希伯来书》(3:7、13、15),以及《路加福音》(23:43)。——原注

75. 克尔凯郭尔后来在日记(1854 年 7 月,NB30:57)之中更详尽地表述了这一对上帝的理解,他总结性地写道:"信仰是在于'作为人格的上帝'和'在存在之中的作为人格的信仰者'之间的纯粹个人的关系之中。"SKS,第 25 卷,第 433 页。——原注
　　　克尔凯郭尔在极深入的意义上把"人格"的意义运用于上帝。"人格"(personlighed)的终极词根是人格的"人"(person),人的形容词化是"亲自的、个人的、私密的、人格的"(personlig),克尔凯郭尔把这三个部分都应用于上

帝。——译注

76. "全在",就是说:无所不在。

77. 《罗马书》(8:20-22)。——原注

78. 克尔凯郭尔错误地把这话写成是保罗说的。他后来也发现了自己的错误,并在可能是 1849 年 6 月份的(NB11:168)日记之中写道:"相当奇怪,我在'三个与上帝有关的讲演'之中把彼得所说的'把你们的所有悲伤扔给上帝'说成是保罗说的"(SKS,第 22 卷,第 99 页)。——原注

79. 《彼得前书》(5:7):"你们要将一切的忧虑卸给神,因为他顾念你们。"——原注

80. 这个"亲自"(personlig)也是克尔凯郭尔人格化解读上帝的表达。

81. 这引言引入的段落有着"我的担子是轻松的"主题,《不同精神中的陶冶性讲演》的第三个部分"痛苦之福音"的第二个讲演"在痛苦是沉重的时候,担子怎么会是轻松的?"谈论了这个主题(SKS,第 8 卷,第 339 页)。——原注

82. 这一句的丹麦语是"Men dermed er målet for kastet endnu ikke truffet, så man kommer fuldstændig af med sorgen",如果直译的话就是"但是这样一来,这扔的目标却仍未被击中,那样他才能完全地摆脱悲伤"("这""那样"就是指"击中了目标")。

　　　可参看讲演的原文:"如果一个人不是无条件地把他的悲伤扔给上帝,而是扔在其他地方,那么这个人就不是无条件地摆脱这悲伤,这悲伤就会以某种方式重来,而它重来时的形态往往是:一种更大、更苦涩的悲伤。因为,把悲伤扔掉——却不是扔给上帝,这是消遣。"

83. 自作聪明(selvklog),任性顽固(selvrådig/ selvraadig)。

84. 《路加福音》(23:43)。——原注

85. 《路加福音》(23:43)。

86. 在丹麦语的关联之中,"就在今天,你在天堂里"这句话之中的"就"蕴含了一个"已经",就是说"在今天,你就已经在天堂里了"。

87. 《约翰一书》(4:16)。——原注

88. 《罗马书》(14:8)。——原注

89. 作为比较之参照,这里提一下:当时一磅黑麦面包的价格是 2 到 4 斯基令。——原注

90. 亦即基督研究学,专门研究基督,而不是专门研究耶和华上帝(创世神学)。

91. 在 SKS 第 11 卷的注释本中 Niels W. Bruun、Anne Mette Hansen 和 Finn Gredal Jensen 对《原野里的百合与天空中的飞鸟》的文本说明更详尽地阐述了此书的形成。SKS,第 11 卷,第 21-29 页。——原注

92. 可参看 SKS 第 11 卷的注释本中 Finn Gredal Jensen 和 Steen Tullberg 对《致死的疾病》的文本说明。SKS,第 11 卷,第 156-167 页。——原注

93. 可参看 SKS 第 12 卷的注释本中 Niels W. Bruun、Stine Holst Petersen 和 Steen Tullberg 对《实践基督教》的文本说明。SKS,第 12 卷,第 66-93

页。——原注

94. NB10:169,SKS,第 21 卷,第 340 页以下。——原注

95. NB10:185,SKS,第 21 卷,第 351 页。——原注

96. 在"账目"之中,克尔凯郭尔花了很多笔墨去强调《非此即彼》与《两个陶冶性讲演》(1843 年)之间的同时性。可参看《我的作家活动》,SKS,第 13 卷,第 12-17 页。——原注

97. NB11:53,SKS,第 22 卷,第 36 页。——原注

98. 见社科版《非此即彼》第一卷第 3-31 页和第 271-283 页。

99. 这就是说:"回想起我在我最初的讲演集中写的最初的话"。"为我的最初的所写的我的最初的"是按原文直译。克尔凯郭尔常常追求文字游戏的效果。在《原野里的百合和天空中的飞鸟》的正文之中,因为作者没有展开这文字游戏,所以译者使用意译。但这里牵涉到对这文字游戏的解说,因此译者使用直译的文字。

100. 克尔凯郭尔的第一本书是对安徒生的半自传体小说《只是一个提琴手》的批判性分析评论,书名叫《出自一个仍然活着的人的文稿》,在 1838 年 9 月出版。见 SKS 第 1 卷第 7-57 页。——原注

101. 在一份对前言的构想草稿中,这两个讲演曾被称作是"布道"。

102. "没有布道的权威":也许是指克尔凯郭尔未被授予神职,因此不能够带着神职牧师的权威来讲演。克尔凯郭尔时代作为规则的《丹麦与挪威教堂仪式》(*Dannemarkes og Norges Kirke-Ritual*, Kbh. 1762)第十章第二条规定的神职授职仪式是,接受职位者们在圣坛前跪着的同时,主教要以这样的方式来传授他们"这神圣职位,同时说祷告词并把手盖向他们:'于是我根据使徒的传统,以神圣父圣子圣灵的名,将这神圣的牧师和布道者的职位授予你们,并且在之后给予你们权力和权威,作为上帝和耶稣基督的真正侍者,在教堂中秘密和公开地传布上帝的言辞,根据基督自己创建的制度分发高贵的圣餐,把罪与顽固者捆绑一处,解除悔过者的罪,并且,根据上帝的言辞以及我们基督的传统,去做所有其它与这上帝的神圣职务有关的事情'"(第 370 页)。只有得到授职的神学候选人并且在满足了一系列其他条件之后,才可以在丹麦教堂里布道。

　　可参看《丹麦教会法概观》(J. L. A. Kolderup-Rosenvinge *Grundrids af den danske Kirkeret*, Kbh. 1838, s. 66-86)。

103. 一种**多余**]可对照阅读一份"前言"草稿中开首的一句,但这句没有出现在印出的版本中:"一个年轻的神学候选人胆敢(甚至那些有名的教会讲演者都很少会这样做)出版布道文,这是如此奇怪的事情,乃至每个人都毫无疑问会很容易地领会我的表述:'文学将会全然地无视这些布道文';这是我的判断,也是我的愿望。如果说事情看起来是如此,那么,这不幸事故无疑就不算很严重,尽管又出现了一本小小的多余的书。如果作者自己,像我这样的一个作者,如果这作者自己随后是如此礼貌而承认这本书的多余,那么,他就展示

出：他知道自己对邻人的义务，并且至少是尽了自己的一份努力去阻止每一个人浪费他们的金钱、时间和努力"（*Pap.* IV B 143，s. 331）。

104．克尔凯郭尔在日记很多地方提及，他在这里所想的是一个很确定的人，瑞吉娜·欧伦森（克尔凯郭尔与欧伦森在 1840-41 年期间一度订婚，后又解除了婚约）。在他的 1849 年 4 月份的日记（NB10）中，他写道："我天性好辩，关于那个单个的人的事情，我以前就明白。然而，在我在第一次（在《两个陶冶性的讲演》中）写下这个的时候，我尤其想到这一点：我的读者，因为这本书包含了一丝对她的小小暗示，并且，迄今为止，这对于我在个人的意义上尤其是极其真实的事情：我只寻求一个单个的读者。后来，这一想法渐渐地被取代了。但是在这里，上帝的治理所起的作用再次是如此无限"（*Pap.* X 1 A 266 [NB10:185]，s. 177）。在笔记书"我与'她'的关系"之中，他在记有日期 1849 年 8 月 24 日的一段中继续写道："两个陶冶性的讲演的前言，是专门为她而考虑的，正如在另一方面，这本书在事实上是题献给父亲的"（*Pap.* X 5 A 149 [Not15:2]，18）。《雅各书》（1:17-21）构成第二个讲演的基础，而关于瑞吉娜·欧伦森与雅各书（1:17-21）之间的关系，克尔凯郭尔在 1852 年 5 月的日记（NB24）中写道："接下来的星期天（1852 年 5 月 9 日）我在教堂里听保利布道，她也在那里。她靠近我所站的地方坐下。发生了什么？保利没有就福音书布道，而是就使徒书布道，他们是所有好的馈赠和所有完美的馈赠等等。/ 在她听见这些语句的时候，她转过身，被邻座的人挡着，头向一边，一道目光望向我，非常真挚。我漫无目标地望向面前。/ 这些话联系到她从我这里得到的最初的宗教性的印象，它们是我曾如此强烈地强调的。事实上我并不曾以为她会记得这些，尽管我（从西贝恩那里）知道，她读了 1843 年的两个讲演，而这些话就在之中被用到"（*Pap.* X 4 A 540 [NB25:109]，s. 358f.）。

　　当然，尽管"那个单个的人"所指在作者的意识中是一个"她"，但作为代词出现的时候，作者在文字之中所用的人称代词却是"他"。

105．这个"之"就是指"那个单个的人"。

106．这个"之"就是指"那个单个的人"。

107．见社科版《陶冶性的讲演集》正文的第 5 页（第一个讲演集的前言）。

108．SKS，第 5 卷，第 183 页。——原注

109．NB12:10，SKS，第 22 卷，第 151 页。——原注

110．见日记 JJ:86，在 SKS 第 18 卷第 166 页。克尔凯郭尔在日记中给出了出处：腾纳曼的哲学史（W. G. Tennemann *Geschichte der Philosophie* bd. 1-11，Leipzig 1798-1819，ktl. 815-826；bd. 2，1799，s. 124，note 39）。腾纳曼引用了普鲁塔克希腊文著作的"论心灵宁静"（*De tranquillitate animi*）第五章，467c。可参看 SKS 第 18 卷第 265 页 Peter Tudvad 的注释。——原注

**图书在版编目(CIP)数据**

原野里的百合与天空中的飞鸟:三个与上帝有关的
讲演/(丹)克尔凯郭尔著;京不特译. —北京:商务印书
馆,2019
ISBN 978 - 7 - 100 - 16741 - 3

Ⅰ.①原… Ⅱ.①克… ②京… Ⅲ.①演讲—丹
麦—现代—选集 Ⅳ.①I534.65

中国版本图书馆 CIP 数据核字(2018)第 238845 号

**原野里的百合与天空中的飞鸟**
三个与上帝有关的讲演
〔丹麦〕克尔凯郭尔 著

京不特 译

商 务 印 书 馆 出 版
(北京王府井大街 36 号 邮政编码 100710)
商 务 印 书 馆 发 行
北京雅昌艺术印刷有限公司印刷
ISBN 978 - 7 - 100 - 16741 - 3

2019 年 2 月第 1 版 开本 710×1000 1/16
2019 年 2 月北京第 1 次印刷 印张 8¾
定价:69.00 元